ポイズン・リバー
異形の棲む湿地帯

阿賀野たかし

宝島社
文庫

宝島社

目次

ポイズン・リバー

異形の棲む湿地帯

阿賀野たかし
Takashi Agano

POISON RIVER

宝島社

第一章　臨検

1

尻《ケツ》からモゾモゾ虫が侵入してきて、大腸をひと回りして、胃の当たりで暴れて、喉元までせり上がってくるんだよ。

ミャンマーの湿地帯で知り合ったおれの先生は、エアボートの乗り心地をそう表現した。彼は気さくで、陽気な男だった。そしてエアボートを手足のように使いこなす、少数派民族の武装勢力の戦闘員でもあった。

エアボートはモーターボートやプレジャーボートとは違い、船尾に航空機用エンジンをマウントしている。直径二メートルを超える推進用プロペラを回転させて前進、旋回をする小型船舶である。その凄まじい駆動音は鼓膜を聾《ろう》するほどだが、時速七十キロで水上を疾駆できるし、平底構造になっているので浅瀬や砂地、湿地帯も航行できるすぐれものだった。ボートの前部に二人掛けのベンチ式シートが二列配置され、ボート後方に運転席がある。つまり、視認性をよくするために運転台が高い位置にあるのだ。

航行中は防音用のヘッドホンをする。

おれは運転台に座り、左手で一本式の操縦桿《スティック》を前後に操作していた。スティックを前に倒せば右へ、後ろへ倒せば左へ、センターが前進だ。速度はスロットルペダルを踏んで調整する。ブレーキペダルはない。


阿賀野川は福島の山岳地帯に源流をもち、群馬を通りぬけて新潟の山間部を蛇のようにうねりながら流れ、越後平野から日本海に注ぎこむ全長二百十五キロの一級河川だった。

川面《かわも》は初夏の陽射しを受けてギラギラと反射していた。風防のない運転席へ吹きこむ風は、若葉の匂いを含んでいる。いい陽気だった。河の流れは穏やかで澄んでおり、河口から百キロほど離れた山岳地帯に驟雨《しゅうう》が降ったという情報もなかった。

このまま天候がもてば、今夜のラオユエ祭りもきっと盛り上がるだろう。

おれは思わず紺碧の空を見上げた。

隣席の水上警察官がおれの脇腹を軽くつついた。右手が二時の方向を差している。

その先に幹線道路の鉄橋が見えた。鉄橋の真下は係留地になっており、大小さまざまなプレジャーボートが舫《もや》いでつながれている。

スロットルペダルを緩めると、頭の真後ろの駆動音が急に静かになった。惰性を利用しながら操縦桿《スティック》を前へ倒した。ゆっくりと右へ向かっていく。

「渡部《わたべ》さん、何か問題でも？」

おれはヘッドホンを首の後ろ側までずらした。三ヶ月前まで覆面パトカーに乗って機動捜査隊に所属していた渡部逸郎《いつろう》は、ヘッドホンをはずしながら頷いた。

「あの前から二番目に止まってるやつな、わかるか」渡部は指で差さず、目線だけで、いかにもセレブっぽいキャビンつきの大型ボートを示した。「臨検いくぞ」

「ヤバい？」

「おれのカンは外れんよ」

五十歳のベテランはにんまりと笑った。「バックアップよろしく」

「あの、いつも言ってますけどね、僕は民間人ですよ。みんかんじん」

おれは民間人を強調したが、渡部は聞こえないフリをしている。

2

並ぶ船舶はそれほど美しくなかった。昔は上品で垢抜《あかぬ》けしていたかもしれない。そのうちに観光開発に貪欲な企業が集まってきて、タケノコみたいにいろんな店を建て、SNSで宣伝をして、あたりを埃《ほこり》っぽい町と船に変えてしまった。並んだプレジャーボートはセレブの象徴だったはずだが、そのまわりにはインスタグラムの観光客が溢れて、今となっては醜悪で不機嫌そうな鉄の塊りに見えた。

その中の一隻が臨検の対象になった。

県警の水上警邏《けいら》隊《たい》は阿賀野川全域をカバーしている。しかしながら、県の赤字財政と慢性的な人手不足が足枷《あしかせ》になって、河川の安全は薄氷のような状態だった。なにしろ、肝心の艇の数が圧倒的に少ない。そこで苦肉の策として、おれのような民間のボートと行政が契約を結ぶことになったのである。

「強制接舷して移乗しますか」

目標のプレジャーボートまでかなり接近していた。キャビンの窓は全て閉じられていて中は見えない。コクピットの窓は陽光を浴びて、鏡のように反射している。

「いや、そこまで緊急じゃない。表敬訪問だよ、菊崎《きくさき》くん」渡部巡査部長どのは、またにんまりと笑った。この奇妙な笑みが要警戒だということを、彼の石のような眼の固さが教えていた。「そこの空いてる舫に船をつけてくれ」

「了解」

大型プレジャーボートの後ろに停泊していた小型フィッシングボートのさらに後ろ

に、おれはエアボートを係留させた。

川べりの土手を行き来する観光客たちが、珍しそうにプロペラ付きのボートを眺めている。さっそく、スマホをかまえて撮影をはじめた。おれがアーノルド・シュワルツェネッガーみたいに葉巻を咥《くわ》えて、インスタ映えに一役買ってやれば喜ぶかもしれないが、遊んでもいられず、彼等にはなんとでも思わせておくことにした。

「行くぞ」

渡部巡査部長は舫綱を手繰《たぐ》りながら岸に上がった。群がってきた女の子たちを睨みつけて追い払い、大股で歩いていく。白い船体にブルーのラインが引かれた大型ボートのへりを跨ぎ、ごつごつした拳でキャビンのドアを叩いた。

おれも巡査部長の隣りに並んだ。

淡いグリーンのボーダーシャツを着た、まだ三十には間がありそうな、すらりとした長身の青年が出てきた。青年の背後に香水のような匂いがこもっていて、足元から湧いているみたいにおれの鼻をくすぐった。

「どちらさま?」

透き通るような明るい声だった。

「水上警察ですう。すんません、ちょっとお話、いいですか」

巡査部長はバッジをかざした。

青年の表情が一瞬かたくなり、それから口元をほころばせた。

「ご苦労様です。何でしょうか」

「ご存じかもしれませんが、ここいらのザリガニの生《い》け簀《す》から、ザリガニが盗まれる事件があったのですよ。聞いたことあります？」

「いいえ、聞いたことないなあ」

「不審なボートとか怪しい漁をしている人を見かけなかったどうか、訊ねて回っているんですよ」

「ザリガニねえ」応対に出た青年は首をげた。ザリガニの姿をおでこの中でイメージしているようだ。「田んぼとか水の汚いところに棲んでる、あのザリガニですか」

「さよう。皆さん、ザリガニって聞くとイヤな顔されますけど、なかなか旨いですよ。安田《やすだ》地区の方にザリガニ料理の専門店がありましてね、そこで使うザリガニが盗難にあったのです……」

安田地区は河口から五十キロほど上流にある山間部の風光明媚な温泉地である。

渡部巡査部長は盗難話をでっちあげながら、後ろで組んだ手をひらひらさせていた。今のうちに様子を探って来いという合図だ。

おれは渡部のそばから離れた。

ボートの右舷甲板を歩き、洋風のお屋敷を思わせるような洒落《しゃれ》た窓を眺めた。窓にはブラインドが下りていた。額をくっつけて中の様子を覗こうと思ったのだが、すぐ向こうに人の息遣いを感じてやめにした。鋭い目線がおれの動きを追っているようだ。渡部がノックした時から、中の連中は用心を始めたのだろう。ならば、連中の注意をそらしてみるまでだ。

おれはボートの先端へ回った。そこは操縦席のある場所で、窓は黒いカーテンで閉ざされていた。外部からの目を完全にオフにしたいようだ。こんなに天気のいい日なのに、しかもキャビンにはゲストがいて、閉め切っているのは不自然だった。コクピットの脇にハッチ式のドアがあった。

おれはドアを叩いた。コンコン、そんな優しい叩き方じゃない。力任せだ。

思ったより早くドアがひらいた。

応対に出たのは派手なアロハシャツを着た若者だった。

「うるせえぞ、なんだ」

若者は凄んだが、おれは無視した。おれは重たいドアを押しこんだ。

「てめ、何しやがる！」

「まあ、まあ」

おれは素早く船内に視線を走らせた。

操縦席のすぐ後ろがキャビンになっていた。金持ちの部屋のように贅沢な調度品が並び、さらにレフ板、アンブレラ、それにストロボまで揃っているのには恐れいった。

さらに、裸の胸を両手で隠している女の子が長ソファに座っている。

ぶよぶよと太った中年オヤジがにやにやしながら少女の髪の毛を撫でている。その娘をはさむようにして、色の生白いひどく痩せたチャラ男が座っている。少女は目に涙をいっぱい浮かべていた。それだけ見れば十分だった。

「てめ、何見てやがんだ！」若者が怒鳴った。

おれは若者を睨みつけた。「てめえこそ、ふざけたマネしてるんじゃねえぞ」

おれは右肩に取り付けている小型無線機のスイッチを押した。

「キャビンに要救助者発見」

「おれのカンは当たったろ。踏みこむぞ」

すぐに返信が届いた。

「バックアップしますよ」

おれはキャビンの入り口へ戻った。

巡査部長は青年と押し問答を始めていた。

「ところでねえ、このボート、お洒落でかっこいいですな。一千万くらいしますか、それとも千五百万くらい？」

「そんなことどうでもいいでしょ？　用件済んだら、お引き取りしてくれませんか。

こっちも忙しいんで」

「こりゃ、失礼しました。しかし、そうもいかんのですよ。どうもね、ここからＳＯＳが発信されたらしいんですわ。中に病人がいますか」

　巡査部長はあいかわらずおとぼけを連発していた。

「はあ？　病人なんかいるわけないでしょ。僕らはこれからラオユエ祭りの撮影なんです。阿賀《あが》町石間《まちいしま》の係留所まで行かなきゃならない。係留許可証は持ってますよ」

「ほお、あなたたちもですか。実は我々も祭りの警備に向かう途中でしてね。毎年、酔っぱらって、川に飛びこむ馬鹿がいますから。大阪の道頓堀と間違えているんでしょうなあ」

　ラオユエ祭りとは、夜の川面に映る二十三夜の月を掬《すく》いあげると奇跡的な良いことが起きると云われる、大正時代に始まった比較的新しい行事だった。ラオユエは撈月と書く。麻雀の和《あが》り役《やく》の一つ、河底撈月《ホーテイラオユエ》がルーツになっている。つまり川に映った月を拾いあげる……不可能なことをやってのけようという、ロマンティックな意味だ。平成の中頃までは厳《おごそ》かな民間信仰行事だったが、ＳＮＳの急激な普及にともない、県外からの観光客も大勢訪れるようになった。フィナーレにはムーンライト花火が上がる。

「さて、ちょいと中を覗かせてもらうよ。あんたたち、職質を受けるわけだからね。

おわかり？」

渡部の口ぶりが冷たくなった。

「ちょ、ちょっと何するんですか！　僕たち何も悪いことしてませんよ！」

青年の目線が泳ぎはじめた。動揺しているのだ。

「それはこっちで決める。どきな」

おれが一歩踏みこむと、青年の背後にひとまわりでかい男がのっそりと現れた。プロレスラー並みの体形だ。カーキ色のタンクトップから剝《む》き出しになった上腕筋はライオンを思わせた。浅黒く日焼けした顔の中央部にブラックホールのように暗い眸《ひとみ》があって、鉄に吸いつく磁石みたいにおれを凝視していた。そいつはぼそりと口をひらいた。

「サツに用はねえ。うせろ」

砂をじゃりじゃり潰すような声だ。

おれはタンクトップの脅しを無視して、グリーンのボーダーシャツを着た若い男の方に声をかけた。巡査部長とザリガニの話をしていた背の高い青年だ。

「なあ。未成年の女の子を監禁して、ＡＶ撮影か。立ち止まってよく考えた方がいいぞ」

「そんなことしてません」

「そう言うと思った」おれはボーダーシャツの襟《えり》をつかんだ。「なめるなよ」おれは襟をさらに引き寄せ、ヨーヨーの要領で突き飛ばしてやった。

ボーダーシャツの青年は勢いよくタンクトップのプロレスラー体形にぶつかった。二人がもつれるようにバランスを崩したスキをついて、渡部巡査部長が突入した。

「はい、みんなそのまま！　そのままじっとしてる！　何にも触らない！」渡部のでかい声がキャビンに響き渡る。

3

「ざけやがって……」

タンクトップが呻《うめ》きながらボーダーシャツを邪険《じゃけん》に突き飛ばした。おれはタンクトップと対峙《たいじ》することになった。

おれは両腕を曲げて構えた。タンクトップも親指を上にしてファイティングポーズをとる。頭に血が昇ってがむしゃらに突っこんでくるタイプではないようだ。間合いを取っている。奴はいかにもプロっぽい。

おれが息を吸いこんだ瞬間、奴は縦拳の突きを放ってきた。おれはかろうじてタンクトップの右手首をつかみ、奴の顎を右の手のひらで押し上げた。すかさず、左足を踏み出しながら、奴の顎を押さえつけたまま後ろへ崩し、今度は奴の右足の膝に足払いをかけた。

タンクトップは見事にひっくり返った。が、すぐに態勢を立て直してタックルしてきた。スーパーヘビー級の鉄の塊みたいな衝撃だった。おれは吹っ飛び、プレジャーボートの縁に叩きつけられた。脾臓のあたりから脳天へ痛みが突き抜け、息が止まった。

タンクトップはおれの顔面をめがけて前蹴りを放った。おれは左腕でブロックしたが、皮膚と骨が不愉快な音をたてた。激痛が走る。おれは右腕をのばして奴の軸足をつかみ、掬いあげた。奴はバランスを崩しながらも鋭い横蹴りを放ってきた。あのパワーで側頭部を蹴られたら、頭蓋骨が陥没してしまうだろう。

このまま奴の玩具になるわけにもいかない。おれは気合を入れた。

おれは横蹴りを右腕でブロックしながら、奴の下半身めがけてダイブし、力任せに押し倒した。タンクトップは尻餅をついた。おれは間髪《かんはつ》を入れずに、奴の首をひねって、転がしてやった。勢いあまって、奴の身体は甲板から飛び出し、宙に一瞬浮いたのち、派手なしぶきを上げて水中へ沈んでいった。真っ白な泡と波紋が広がり、プレジャーボートがゆらゆらと揺れた。

タンクトップはすぐに浮いてきた。

おれが備え付けの浮き輪を投げると、奴は忌々《いまいま》しそうに浮き輪を弾《はじ》きとばし、泳いで岸に這《は》い上がった。ずぶ濡れになった全身を犬のように震わせて水滴を飛ばした。

「今度会ったら、てめえのタマを引っこ抜いてザリガニの餌にしてやる！　このままじゃ済まねえからな。覚悟しやがれ、このクソ野郎が！」

タンクトップはおれに向かって中指を突き立て、いきなり駆け出した。集まり始めた野次馬を突き飛ばし、押しのけ、姿をくらましてしまった。

そのとき渡部が渋い顔をしてキャビンの奥から戻ってきた。

「被害者《マルガイ》の年齢は十七歳と十九歳が二人。服とスマホを隠されて、逃げられなかったらしい」裸で監禁されてた少女たちを、船底で発見したという。「で、外で何やってたんだ？　おれのバックアップはどうなった？」

おれが痛んだ腕をさすりながら顛末《てんまつ》を説明すると、渡部は川を覗きこみ、低い声でぶつぶつ悪態をついた。おれがおせっかいをしたと、思ったらしい。

「バックアップしろとは言ったが、川に投げ飛ばせとは言ってないぞ。君は民間人だろ？」

また民間人かよ。言いかけて、おれはそれを飲みこんだ。「奴は強かったですよ。おれの見立てじゃ奴は玄人《プロ》です。ヘタしたらこっちが水の中だった。何者だろう」

渡部はおれの発する意味を理解したのか、苦々しそうに言った。

「いかがわしい現場だからな、それなりの用心棒を置いてたんだろうよ。それよりも応援がそろそろ来る頃だが」

おれと渡部は耳を澄ませた。

だがサイレンはまだ遠くだった。

静かな田舎《いなか》の観光地がしだいに騒々しくなってきた。野次馬が集まりはじめたのだ。

「もう大丈夫だから。怖い目にあったねえ」

巡査部長がキャビンから出てきた少女たちに向かって優しい声をかけている。

おれは船室《キャビン》に入り、非合法ビデオ製造に関わった男たちを見回した。

エロ現場に踏みこまれてさぞかし落ちこんでいるかと思ったが、そうでもなさそうなので意外だった。

脂《あぶら》っぽく太った五十代ぐらいの男、痩せたチャラ男、ハイビスカスシャツ柄《がら》の年齢不詳の男。みんなけろりとしている。

これから収監されるというのに、ふてぶてしく足を組んだりして妙に落ち着き払っている。そのうちに、太った中年男が自信たっぷりな態度で煙草に火をつけた。大物ぶりたいらしい。

「わたしはお前を知っとるぞ。河川管理組合のエアボートパイロットだな。たしか、きく……そうだ、キクサキタカヒコだ。お前はミャンマーでAV撮影よりも悪どいことしてたって噂だ」

「他人《ひと》のことより自分を心配しろよ。みんなじっとしてろ」

おれは凄んだつもりだったが、相手はせせら笑った。「このわたしを誰だと思ってる？　わたしがポルノ動画の出演者に見えるかね。そんな風に見えるとしたら、君たちはあとで、後悔することになるぞ」

「そういうのを詭弁《きべん》っていうんですよ、持丸《もちまる》さん」渡部巡査部長がおれの後ろからのっそりと現れて、助太刀《すけだち》をしてくれた。「話はね、署でじっくり聞かせてもらいますよ。あなたを締め上げたがってる刑事たちが、ごっそりといることをお忘れなく」

やんわりとした口調だったが、内に秘めたる厳しさが現れていた。持丸と呼ばれた男はたじろぐこともなく、でかい腹をゆさゆさと揺らしてまくしたてた。

「最近の警察は、令状もナシで土足で上がりこむのか。私を締め上げたがってるデカがいるだと？　だったら、なぜ直接私のところに来んのだ？　エアボートのパイロットなんぞよこしおって、とんだ茶番だ。さっさと帰れ！」

「無茶を言ってはいけません。持丸さん。じき、警察が来ますからね。女の子たちも証言してくれるでしょう。あなたはもうおしまいだ」渡部は辛抱強そうに応じた。

「は、証言だと？　オシマイだと？」持丸は怒りに満ちた声で聞き返すと、今度は高らかに笑い出した。釣られるように、他の被疑者たちも笑い出した。まるで滑稽なコントを見たかのように。

緊急車両が次から次へと到着したのは、それから二分ほどたってからだった。制服警官や捜査の腕章を巻いた私服警官たちが現れ、被疑者たちを連れ出していく。その時、おれは眼を疑った。予想に反して彼等が従順だったからだ。もみ合いどころか、警官たちと親し気にやり取りをしている。

4

毛布にくるまれた少女たちは婦人警官に付き添われてパトカーに乗りこみ、ポルノ撮影の容疑者たちが連行され、プレジャーボートに立ち入り禁止の黄色いロープが張られて、ようやく静かになった。ロープの前に、三人の制服警官が並んだ。

ボートの内部を調べていた捜査員や鑑識係の仕事も一区切りついたのか、押収した撮影機材などを警察車両に押しこんでいる。その中に責任者らしき捜査員がいて、おれたちの方をじっと見ていた。彼は渡部巡査部長より頭半分くらい背が低い。夏物のスーツを着て、四十代半ばくらいだった。ごつごつした顔つきをしており、捜査の赤色の腕章をこれ見よがしに触っている。

渡部巡査部長がおれの背中をつついた。

「川口《かわぐち》警部補だよ。たぶん、今回の陣頭指揮者だな。お前さんが犯人の一人を逃がしたことが気にいらんらしい」

川口警部補殿はこちらにやって来た。稲光りみたいな目でおれたちを交互に睨み、やがて視線の的を渡部に絞り、それからまたおれに向き直った。

「河川パトロールでいつも世話になっているのに申し訳ないが、ちょっと席を外してもらえるかな。捜査情報は民間人に聞かれたくないのでね」

「ええ、わかりますよ」おれは聞き分けのいい子みたいに頷いてみせた。「渡部さん、おれ、ボートで待ってますから」

「ああ、そうしてくれ」

渡部は口の端を曲げて答えた。不愉快なのか愉快なのか、おれにはどちらでもよかった。

二人の警官が話しこんでいる間におれはエアボートの運転席に座り、のびをして、欠伸《あくび》をかみころしながら、タンクトップの男のことを考えた。身のこなし方からすると、陸上自衛隊の格闘術の心得があるようだ。引き締まった体型をしていたし、目の配り方も素人《しろうと》ではなかった。もしかしたら、奴はわざと投げ飛ばされて落水したのかもしれない。理由を考えようとしていると、渡部巡査部長がボートに乗りこんできた。

「終わったぞ。行こう」

「了解です」おれは操作パネルに手を伸ばしかけて、動作を止めた。「捜査情報は話しちゃいけないんですよね」

「出せ」

渡部はぼそりと命令した。

おれは遮音用のヘッドホンをかぶると、プロペラを回した。

丸い計器盤の赤い針がぴこんと跳ねる。

目的地は三キロ上流のお祭り会場だ。陸路と違い、信号も渋滞もないから楽ちんではある。

おれは時速三十キロを維持した。駆動の震動が尻から背中へモゾモゾと這っていく感触を楽しみながら、前方へ眼を凝《こ》らす。流木や粗大ゴミがあれば回収をしなくてはならないからだ。川の波濤が金色のうろこのように光っては、うしろへうしろへと流されていく。余計な漂流物がないのを確認して、おれは少しだけほっとした。

まもなくして、ボートは河口から約二十キロほど離れた中流域にさしかかった。

このあたりは川幅が五十メートル以上もある。川の真ん中には、青々と茂った葦《あし》で覆われた中州が城壁のようにのびている。渡部がおれの肩を叩いて、中州へボートを寄せるように指示した。

おれは操縦桿《スティック》を前に倒して中州の砂浜に寄せた。エンジンが静かになって、ようやく渡部が声をあげた。

「あの持丸敦也《あつや》は一筋縄ではいかないぞ」渡部はボートの周りをもう一度見回して、誰もいないことをたしかめている。

「ええ、わかってますよ。あの太ったオヤジですよね」おれは連行された男たちの顔を順番に思い出していた。おれは渡部の顔色を窺いながら具申した。「警察の捜査情報は漏らせないんでしょ？　だけど、悪党の情報は善良な民間人は知っておくべきだと思いますよ」

「どこが善良なんだ。ふふん」渡部は鼻で笑った。「やつはモチベリ産業のＣＥＯだ。市と県のトップと持ちつ持たれつの仲で、明日の朝までには嫌疑不十分で釈放されるだろうな。表向きは派遣型コンパニオンクラブ、洋菓子店チェーン、貸し倉庫会社を経営してる。裏では、違法ポルノに高校裏サイト、地下賭博の元締。非合法事業なんでもござれだ。半グレ集団の邪蛇連合会《じゃじゃれんごうかい》にもパイプがあるらしい」

「つまり、放免されるのが解っていて、渡部さんは大物に手を出したってことですか」

「まあ、そういうことだ。例えばの話だが……洋菓子店でアルバイトをしている女子高生がいたとする。彼女の家はとても貧乏で、母親は病気持ち、父親はいない。中学生の弟がいる。家計を支えているのは、彼女のわずかなアルバイト代だ。そこへ、プレジャーボートのキャビン清掃のバイトの話があった。バイト代はすこぶる良い」

「あくどい手口は今さら始まったことじゃありませんよ」

「そういう連中を潰すためには情報屋が必要なんだよ」

渡部は唐突に意味深なことを口にした。情報屋を使ってもっと致命的な証拠を握るための布石だと言いたいのか。

「はあ」おれは曖昧《あいまい》に頷いた。「ところで、おれが逃がしたタンクトップ、どうなりました？」

「あのでかぶつのチンピラか。持丸に比べれば雑魚《ざこ》だから、いずれパクられるだろ」

「いや、雑魚じゃないですよ、たぶん」

「なに？」

渡部は興味を持ったようだ。

「奴は訓練経験のあるプロです。川に落ちても冷静だった。素人ならいきなり落水したら、溺れると思ってジタバタするんですよ。あと誰かのボディガードって感じもしないし」

「ボディガードだとしたら、だらしないボディガードだな。ご主人様を置き去りにして逃げてるんだぞ。プロ失格だ」

「ごもっともな指摘です。奴の名前知ってますか」

　おれの中で彼は謎の存在になりつつあった。

「安崎浩平《やすざきこうへい》とかいうらしい。捜査情報はたとえお前さんでも洗いざらい喋るわけにはいかんよ。それより、俺は持丸が憎たらしげにほざいてたことが気になってるんだ」

　渡部は刺すような目つきでおれを見つめた。

「なんですか」

「実は、何年か前に別の勤務地で聞いた噂話を思い出したんだ。タイかミャンマーかカンボジア、ラオス……そのあたりの国境地帯で、少数派民族の虐殺に加担した中国の政治局員が、東洋人に射殺されたって噂だよ。その東洋人はエアボート操縦のベテランで、いろんな物資の運搬を仕事にしていたらしい」

「それが持丸とどういう関係があるんです？」

「持丸の情報網は侮《あなど》れないってことさ。俺の言いたいのはそれだけだ。さて、出発しよう」

「了解です」

　おれは胃のあたりにしこりみたいなものを感じていた。渡部はいい仕事仲間だが、油断のならない警官でもあった。おれはエンジンを回した。

第二章　警告者現る

1

ゆったりとした流れの阿賀野川の風景と、ミャンマーのエーヤワディー河の牧歌的で広大な風景が重なった。

五年前の雨季。

おれはミャンマーの国境地帯でケシ栽培農家の警護をしていた。雇い主の少数派民族の武装勢力は、武器購入の資金を調達するためにケシ栽培を山岳地帯の農家に奨励していた。

――おれらだって好き好んでケシ栽培をしてるわけじゃねえ。ミャンマー軍は、北部の自治区を攻撃してくる。おれらは自衛のために報復するが、武器が不足してる。手っ取り早いのはケシ栽培して、麻薬カルテルに売りさばくことだ。その収益で銃を買うんだよ。

武装勢力のある幹部は、亜熱帯の雨降りしぶく中で口癖のようにぼやいた。

——停戦の選択はない？

と、おれは幹部にたずねたことがあった。

——軍政府の提案はあったさ。だけど、あいつらはおれらの母国語を学校で使うことを禁じた。言語だけじゃなく宗教も差別しやがった。あんたらの日本では、宗教や思想は自由なんだろ？

——ああ。憲法で保障されてる。だけど、麻薬は絶対にダメだ。いかなる理由があってもな。

——そりゃ、ミャンマーでも麻薬はご法度《はっと》だが、きれいごとじゃ済まないんだよ。

——ケシ栽培に手を出せば、壊滅戦争の口実になるぞ。そう考えなかったか？　空爆されるぞ。

——そのために、おたくを雇ったのだ。一人でも多くの攻撃勢力を始末するためにな。違うか。

——そうだな。

湿地帯や砂塵に強い構造のＤＳＡ自動小銃を、おれは背負い直した。

エアボートの欠点は、とにかく駆動音がでかいことだ。耳栓《みみせん》をせずに乗ると、鼓膜がしびれてしまう。だから運転中に用事があるときは、肩をたたくなどして意思表示しなければならない。渡部はまさにおれの脇腹をつついているところだった。

おれはスロットルペダルを緩めて減速した。風をゆっくりと掻き回す音がしてから、ボートは静かになり惰性《だせい》で進んだ。

「さっきからお前さんのスマホが気になるんだよ。ふたとみ亭って出てるぞ。平田梨《ひらたり》乃《の》さんじゃないのか」

「あ」

計器盤横のホルダーに差しこんだスマートフォンのディスプレイが明滅していた。

ふたとみ亭というのは、阿賀野川の下流にある、おれの行きつけの飯屋だった。小高い丘の上にあって、日本海に沈む夕陽が金色に輝いて、夕景百選を演出する食事処だった。平田梨乃はふたとみ亭の従業員である。

おれは電話マークを押した。

「もしもし」

「あ、お菊《きく》おじちゃん?」幼い女の子の声が聞こえた。梨乃の娘の桃香《ももか》だ。「こんにちは。ママにかわるね」

ゴソゴソとモノが擦れる音がして、

「あのさ、菊崎クン。きょうのお祭りなんだけど……」

梨乃はおどけたノリで切り出したが、ちょっとだけ声が沈んでいるのが気になった。かつておれと彼女は新潟市内の同じ高校に通っていた。阿賀野川沿いの土手道を一緒に下校したり、ファストフード店ではどうでもいい話で盛り上がったりした。二人はお互いに惹かれてはいたが、おれにはまだ彼女を守るだけの力が不足していた。いつかその時が来たらと思ううちに年月はたち、いつの間にか彼女はほかの男と結婚して母親になった。そして、現在はシングルマザーである。

「うん。お祭りがどうしたって？」

「あのね、行けなくなっちゃった。ゴメン。実はさ、夕方に急の宴会が入っちゃって、支度《したく》やら仕込みやら、頼まれたのよ。超忙しいんだ」

ふたとみ亭は観光客や地元客の腹を満たす郷土料理屋でもあった。地元の常連客や企業が宴会の予約を入れる時もあって、ふたとみ亭はいつでも繁盛していた。

「わかるよ。でも残念だな」

おれは落胆した。

「でね、お願いがあるのだけど」

「なんだい？」

「桃香ね、お祭りを楽しみにしてたから、別の日にその穴埋めをしたいのよ。どこかへ遊びにいかない？」

「それは名案だ。いいとも」おれは即答した。「桃香ちゃんに代わってくれるかい？」

「桃香、お菊おじちゃんが話したいって。ほら」

呼吸が止まったような間合いがあって、可愛らしい声が耳の奥をくすぐった。

「あのね、ママ、お仕事でお祭りに行けないんだって。あたし、お水に浮かんだお月さまをすくってみたい。おじちゃん、あたしのかわりにとってきて」

「そうだねえ。きょう行けない代わりに、今度、おじさんのエアボートに乗って、海でも山でも連れて行ってあげるよ。もちろん、ママもいっしょだ」

「いいよ、えんりょしとく。だって、エアボートのプロペラがうるさいもん。うるさいの、きらい」

「そっか。そうだよねえ、おじさんもうるさいと思うよ」

「あのね、ディズニーランドがいい」

「よし、わかった。ミッキーに会いに行こう。夏休みがいいかな」

「わーい、やったあ。あのね……」

幼い少女のおしゃべりはまだまだ続きそうだった。

電話口の相手が母親に代わった。

「無謀な約束はしないで。この子、本気にしちゃうから。でも、ありがとう」

「無謀な約束はしないよ。それより、切るよ。じゃあな」

おれはスマートフォンをオフにした。

渡部がおれを見ていた。

「あの母子《おやこ》、だんだん元気になってきて何よりだよ。さてと。たった今、本部から緊急指示が出た」

渡部は左肩の無線機を指先で示した。

「緊急指示？」

「ああ。祭り会場の水域で、祭り反対を吠えてる爺さんがいるそうだ。主催者がつまみ出して欲しいとさ」

「へえ。反対の理由は？」

「伝染病の祟《たた》りだそうだ。画家の川杉愁香《かわすぎしゅうこう》が、モーターボートに乗ってスピーカーで喚《わめ》き散らしてるらしい。知ってるだろ、あの先生」

新潟の風景画を描いている画家である。阿賀野川の河川敷でカンバスに向き合っている先生をよく見かけたし、たまに世間話をすることもあった。

一度だけ個展の招待状をもらったことがある。東京の銀座にある老舗《しにせ》画廊だったが、行かなかった。芸術を語れるような感性がないといえばカッコがつくが、本当はそういうたぐいの場所が苦手だった。

川杉愁香は、阿賀野川流域の山間部に生活拠点を置いていて、バルビゾン派を名乗っていた。バルビゾン派とはフランスの地名に由来しており、コロー、ミレーなどに代表される画家たちの総称らしい。自然主義的な風景画や農民画を写実的に描く一派だそうだ。四季の移ろいをテーマにした油絵や水彩画を描いては、個展や観光客に絵を売って生計をたてているようだが、そもそも絵なんかで食えるのだろうか。おれも含めて、周囲はそんな冷めた目で傍観していた。

ときおり、戦前の廃鉱から金鉱石や銀鉱石を拾ってきては、自慢気に披露していて、山師《やまし》と呼ばれていた。年齢は八十歳近いはずだ。

おれは、エアボートのエンジンを回した。

航空機用エンジンを搭載したプロペラが轟音を立てた。水煙が飛行機雲のように尾を引きはじめた。

おれはスロットルペダルを踏みこんだ。

3

川をさらに二十キロほど遡《さかのぼ》ると、ＪＲ磐越西線《ばんえつさいせん》の鉄橋が見えてきた。ラオユエ祭りの会場、阿賀町石間である。

鉄橋の下で人だかりがしているので、エアボートを岸へ寄せた。ちょうど国道沿いの道の駅がある場所で、仕事着の者や家族連れ、カップル、それに観光バスツアー客たちで賑やかだった。彼等の視線は川の真ん中で揺れているモーターボートに向けられていた。

人だかりの興味は、騒音をふりまいて闖入《ちんにゅう》してきたエアボートにも向けられ、彼等はいっせいにスマホをかざした。たぶん、面白い余興が始まったと思ったに違いない。人だかりの端《はし》に、灰色の作業服を着た男性五人のグループがいて、こちらを手招きしていた。

おれは舵を切った。

エンジンが静かになると、グループの代表が何を言っているのか、ようやく聞こえた。

「あのモーターボートの男を説得してもらえませんか。石油臭くて、危なくて、こっちから近づけんですわ。火炎瓶でも投げられたら、厄介《やっかい》ですろ?」

「わかりました。ちょっと見てみましょう」渡部巡査部長はすぐに応じ、おれの脇腹を小突いた。「よし、行くぞ」

「はい。きょうは人使いが荒いですねえ。あとで昼飯くらいご馳走してもらわないと」

おれは再びエンジンをふかした。操縦桿《スティック》を一気に後ろに倒して左旋回した。方向翼《ラダー》がぼわんぼわんと唸り出す。

――本日う、ここにいいい、訪れたあああ、すべてのおお、かんこうきゃくう、地元のおお、みなさーん。わたくしはああ、今夜のおお、ラオユエ祭りのおお、即刻中止を～～訴えるううう、ものでえええ、ありますうう～

スフィンクスのような白髪頭の男が川の真ん中でハンドスピーカと格闘している。エンジンを停止したモーターボートの運転席から岸辺の野次馬に向かって演説していたが、その音声は川風に妨害されてひどく割れていた。

おれはエアボートの出力を上げ、警察用の赤色灯を回転させて、画家に接近を知らせた。

「先生、ご機嫌ですね」渡部がエアボートの装備品のハンドスピーカで話しかけた。

「きょうは絵ではなくてアジですか」

「なんだと？」

先生と呼ばれた男はぎろりと眼を剝いた。四季の風に晒《さら》された画家の顔は浅黒く灼《や》け、深い皺《しわ》が刻まれている。リンシードオイルの匂いが鼻をついた。油絵具がしみこんだジャケットに白っぽく褪《あ》せたジーンズ姿はいつも通りだ。

「なんだと？」画家は繰り返した。「この僕が青臭いアジテーションなどすると思ってるのかね。とんでもない、五頭連山《ごずれんざん》二十三夜様のお告げだよ。災難が降りかかる前に、みんなここから非難した方がいいぞ」

「災難って、どんな災難ですか。落雷とか阿賀野川の底からゾンビが現れるとか」

「いや、いや、いや」画家は手のひらを横に何度も振ってみせた。「君らの方こそ、おちょくってるのか」

「そんなことはありませんよ。みんなが楽しみにしてる行事に、水を差さないでください と、お願いしてるんです。まあ、ここではなんですから、陸《おか》で詳しい話を聞かせてくれませんか」

渡部は提案した。おれもその方がいいと、フォローした。しかし、画家は拒んだ。

「いや、ここで話すから、そのうるさいプロペラを止めろ」

「いいですとも。じゃ、ここでお話を伺わせてください」

渡部はにっこり笑って引き下がった。

愁香は気を良くしたらしかった。

「知っての通り、僕は絵を描くためならあちこちの沢登りや山歩きをする。笹蛭池《ささひるいけ》を知ってるかね？　ＪＲ磐越西線の磯島駅の近くに阿賀野川の支流があって、そこから十キロほどの上流の湿地帯だよ。阿賀野川に注ぐ源流の一つだな。菊崎君は笹蛭湿地帯へ行ったことは？」

絵の先生は矛先《ほこさき》をおれに向けた。

「いや、ないです。ひょっとして、三十年くらい前まで村があった場所ですか。過疎化で住人がゼロになった地区」

笹蛭地区は、標高三百メートルから五百メートルの山間部に存在した、人口千人ほどの村だった。村へのアクセスは、県道と急峻《きゅうしゅん》な林道が二本ある。もっとも、村は閉鎖されたため、道路は通行止めになっている。

「さよう。しかし、どうもそこに人が住んでいる気配がするのだ。いや、人というか、かつての廃村の地縛霊というか」

「へえ。そんな場所へわざわざ行ったんですか？　っていうか、十キロも山奥へどうやって足を運んだんです？　道路は通行止めだし、川杉さんの年齢を考えたら山歩きは無理だと思いますよ」

おれは川杉愁香の話に興味を持ち始めていた。

「僕はアウトドア派にしてバルビゾン派のクリエータだぞ。僕の健脚をバカにするな。通行止めのバリケードは、馬飛びの要領で飛び越えてやった」

キャンプ用品一式と画材道具一式を担ぎ、絶景ポイントを求めて出発したという。

川杉愁香は高齢ながらも自動車の普通免許を所持しており、ＪＲ磯島駅前の村営駐車場に軽自動車を止め、あとは徒歩で笹蛭地区まで目指したという。

「幽霊が跋扈《ばっこ》するような廃村へ、なぜ行く気になったんですか」

おれは感嘆の気持ちをこめて質問した。

「何ヶ月か前に郷土資料館に行った時のことだ。まだ栄えていた頃の笹蛭の写真を見つけたんだ」

それは四季おりおりの、笹蛭の自然と人々の営みの記録写真だった。棚田と棚田の境目に植えられた桃の花。民家の軒下に吊るされた干し柿。晩秋の夕陽を浴びて、おごそかに照り返す山肌。細い農道を並んで通学する小学生たち。

「今や数少ない日本の原風景ってやつだよ。そんな美しい風景が過疎化で消えていくなんて、あまりにも悲しいと思わないかね？」

画家先生が熱弁をはじめたら暫《しばら》く止まらない。おれは手を上げて制した。

「で、先生はかつての原風景の中に得体の知れないモノを発見したわけですね」

「然《しか》り。当時の民家がまだ何軒か残っていてな、その中の一つに、カップ麺の食べ残しやペットボトルが放置されていた。あれはつい最近のモノだな」

「マナーを知らないハイカーですかね」

「いや、どうも違う気がする」

先生は首を傾げた。

「どう、違うんです？」

「ありゃ、トラブルに巻きこまれて逃げ出したような、そう、慌てて飛び出した……そんな印象を受けたよ」

「証拠でも？」

「ヤッケが土間《どま》に脱いだまんま、水筒は囲炉裏《いろり》のそばに転がったまんまだった。僕は、外にまだ誰かいるだろうと思ってね、あたりを探したよ」

「誰かいましたか？」

「いや、どこにも誰もいなかった。その代わりに、神社の鳥居や木に赤い鳥がたくさん群れているのを見た。あんな鳥は見たことがない」

「赤い鳥？」

「血のような色だよ。大きさはスズメくらいだがね」

「それで、川杉さんはどうしました？」

「怖くなって逃げたよ。で、逃げる途中で思い出したことがあった。郷土資料館の展示品の中に、民間信仰の文献があったのだ。赤い鳥の云い伝えだ……。

二十三夜様に赤い鳥がいたら、伝染病の祟りがある。

二十三夜様の赤い鳥は毒鳥だから、食べてはいけない。

二十三夜様の赤い鳥は美しい声で鳴くが、だまされてはいけない。

二十三夜様の赤い鳥を見かけたら、獲ってはいけない」

川杉愁香先生は諳《そら》んじてみせた。

「いつの出来事ですか」

「おとといだよ。だからこうしてみんなに伝えようとしているのだ」

「食い散らかしたハイカーは見つかった？」

「さあな。あんたらだけじゃなくて、ちゃんとした調査隊を編成した方がいいかもしれんぞ」

川杉愁香はおれと巡査部長を交互に眺めた。

今まで聞き役にまわっていた渡部巡査部長が口をひらいた。

「十キロも山奥の云い伝えだけでは、ラオユエ祭りの中止はできんよ。だが、祭りが終わったら、野鳥の研究機関にでも打診してみるか」

「僕は忠告したぞ。行方のわからないハイカーの件もな」

「山岳警備隊に連絡はした？」

「いいや。関わって根掘り葉掘り訊《き》かれるのは気に食わん。僕の絵の仕事が滞ってしまうからな」

「それなら私どもから山岳警備隊に連絡してみましょう。では、先生、本日はこれでお引き取り出さい。ご協力、感謝します」

「手遅れにならんように祈っとるよ」

　画家はモーターボートのエンジンを回した。

　二隻のボートはエンジンを停止していたから、いくぶん下流へ流されており、人だかりからは離れていた。

　画家の運転するボートは、白い航跡を残しながら下流へ遠ざかっていき、やがて彎曲する川の向こう側へその姿を消した。

　おれもエアボートのエンジンを入れた。

　係留所の桟橋に人だかりができている。よく見ると、ライン下りの遊覧船に食材を搬入している最中だった。今夜は宴会用の月見舟を出すのだろう。

　おれは遊覧船から少し離れた係留所へボートを回した。

「先生は、迷信に惑わされたようです」集まってきた役所関係者たちに向かって、渡部は説明をはじめた。「したがって、問題ありません。川杉先生にお祭りを妨害する意図はないようです。迷信の内容ですが、赤い鳥の云い伝えがありまして……」

　おれは防水腕時計を眺めた。

　午後二時。

　巡査部長殿は祭り半纏《はんてん》の人々に囲まれて質疑応答を続けている。手持ち無沙汰になったおれは渡部に目くばせしてその場から離れた。

あたりをぶらつきながら〈あごのランタン〉へ向かった。〈あごのランタン〉というのは、平田梨乃が働いている〈ふたとみ亭〉の姉妹店だった。

界隈は祭りの支度をする人々で活気がみなぎっていた。

ジャイアンツの野球帽をかぶったアンちゃんがたこ焼きの幟《のぼり》をあげている。その隣りで半纏をまとったお姐《ねえ》さんがポッポ焼き（薄力粉に黒糖と水を加えて焼いた細長いパン。新潟下越地方の菓子）の準備をしている。

組み立て中の屋台がずらりとならび、早くも酒の匂いがプンプン漂《ただよ》う。

気の早い観光バスが駐車場の手前で止まっていた。

太ったオジサンが怒鳴っていた。

「おい、なんだってそこに止めるんだ⁉　バスはあっちだよ、あっち！」

オジサンは黄色い旗を振りまわしてバスの誘導をはじめた。

そのあとはみんなの観察をやめて、少し歩くと川に面した敷地に建てられた一軒の店の前に着いた。

イーゼル式の看板が目を引いた。羽の生えた青魚が緑色のランタンを咥えて空を飛んでいる様子がコミカルに描かれている。木製のプレートもぶら下がっていて、白い文字が読めた。

本日のおすすめ
あごの海鮮パスタセット
あごラーメンセット
あごランタンセット

お昼のピークをすぎたせいか、店内は空いていた。

ガラス張りの明るい窓際の席に座り、あご海鮮パスタセットをオーダーした。

「ねえ、あごってなに？　顎の骨で出汁《だし》を取ってるのかな」

「げ、それじゃホラーだよ、ホラー……」

「じゃあさ、お店の人に訊いてみればいいじゃん。あごってなんですかって」

「でもさ、人間の顎の骨の出汁って、ウケルよね」

二十代前半くらいの女の子たちがはしゃいでいるのが聞こえた。彼女たちは県外者《よそもの》だとすぐにわかった。

おれは、桃香と電話で約束を交わしたことを思い出していた。

本来なら今夜は平田梨乃と娘の桃香の三人で、ラオユエ祭りの縁日を楽しむ予定だった。それが反故《ほご》になって、その代わりに桃香をディズニーランドへ連れて行く約束をしたのだ。実は、桃香に父親はいない。父親の義彦《よしひこ》は不幸な事件に巻きこまれて死亡していた。おれは桃香の父親にはなれないが、せめて寂しさを紛らわすことができる面白いおじちゃんにはなりたいと思っている。

食器のぶつかる音とガーリックバターの香りがおれを現実に引き戻した。注文した料理が運ばれてきたのだ。

そして、目の前に見知らぬ女が座っていた。紫外線よけのストローハットをかぶり、穴なしドーナツのようなでかいサングラスをしている。そのせいで顔の表情がわからない。オレンジ色に染めたショートヘアがストローハットから少しだけこぼれていた。化粧は薄い印象を受けた。探検家みたいな服装をしていた。あごあごとはしゃいでいる女子グループのメンバーでもなさそうだ。

「河川管理組合の人から、たぶん、あなたはここにいるだろうって教えられました。突然、おじゃましてすいません」

女は名刺を差し出した。おれが受け取らないでいると、黙ったままテーブルに置いた。

静岡県伊東市水棲生物センター
研究員　蒔田《まきた》優香《ゆうか》

彼女はしゃいでいる女子グループ客を見やりながら先を続けた。

「私はトビウオの塩焼きを伊豆諸島の八丈島で食べたことがあります。新潟ではトビウオを出汁にして召し上がるんですね。お店の看板の、魚がランタンを咥えて空を飛んでるデザイン、笑えます。あごとは、トビウオのこと。知らない人はきっとなんだろうと思うでしょうね」

「管理組合の人間に、どこで飯を食うかまで教えてない。なぜここがわかったんですか」

佐渡沖のホタルイカがトッピングされたカルボナーラをフォークに巻きながら質問した。

蒔田優香と名のった女は声を上げて笑った。

「探すのに苦労しました。ただ、管理組合の方がラオユエ祭りの会場を教えてくれました。それとエアボートが目印だと。たしかにあれは目立ちすぎです」

「用件は？」

名刺に視線を置いたまま、おれは食事を続けた。

女の前にアイスコーヒーが運ばれてきた。話しこむつもりなのか、彼女はサングラスを外し、ストローハットを脱いだ。

目元をハッキリさせた大きな瞳はグレイがかっていた。髪型はオレンジ系のショートボブ、容貌は活動的で明るい印象を受けた。年齢は三十から四十。

「実は、エアボートをチャーターしたいんです。代金は支払います」

唐突な申し出だった
おれはフォークの手を止め、相手の顔をまじまじと見た。化粧っ気の薄い顔の奥で真剣な眼差しだけが湧きたっていた。おれは思わず身を固くした。

警察や県などの行政、観光協会からの依頼を受けてボートを動かすのがおれの仕事だが、見知らぬ来訪者にいきなりチャーターと云われても困惑するばかりだった。

「目的、場所、日時は」

おれは自分の声が硬くなっているのがわかった。

「日時は明日から四日間。場合によっては延長も。行き先は笹蛭池。理由は水棲生物の調査のためです」

「笹蛭池だって？　あの地区は閉鎖されていて、立ち入り禁止なんだ。ところが、ルールを破った入山者がいてね、行方不明になってるらしい」

おれは川杉愁香から聞いた情報を受け売りした。

「そうなんですか」蒔田優香は驚いた表情を浮かべた。「詳しいことを知りたいです。その行方不明者って、もしかしたら鈴木《すずき》洋《ひろし》と鈴木京子《きょうこ》ではないですか。二人は夫婦で、水棲生物センターの研究員なんですよ」

「は？」おれは身を乗り出した。「いや、名前までは知らないよ。画家の爺さんの話を受け売りしただけだから」

「じゃあ、信憑性《しんぴょうせい》は薄いと？」

「ああ、そんなとこだ」

不意に左肩に装着した無線機が鳴った。渡部巡査部長の咬《か》みつきそうな声が飛び出した。

「おい、どこにいる？　返事しろ、菊崎」

「飯食ってますよ。食い終わったら持ち場に戻ります。渡部さんも腹減ったでしょ、交代しますよ」

「それどこじゃねえぞ。画家の先生が言ってたことがホントになりそうだ。行方不明になってたハイカーの一人が下山したんだよ。性別は女性。だけど容態がひどくてな、危険な状態だ」

「怪我してるんですか」

「怪我してるというか、俺の見立てでは何かのウイルス感染症だな。意識朦朧《もうろう》状態、手足に無数の紅斑丘疹《こうはんきゅうしん》、歯肉出血も認められる。本人いわく下山中に腹痛があって、用をたしたら下血したそうだ。マダニに咬まれたような跡が無数にある」

「え？」

　これには驚いた。巡査部長の所見が正確なら、重症熱性血小板減少症候群《SFTS》と思われた。感染源はおそらくフタトゲチマダニもしくはタカサゴキララマダニだ。

　マダニは家庭やペットに寄生しているイエダニとは種類が違う。山林などに棲息している吸血虫で、通常体長は三ミリから八ミリ、吸血後は二センチくらいまでにパンパンに膨れ上がる。大急ぎで救急搬送しなければ致死率も高くなる。

「渡部巡査部長、それ、マジでやばいスね。すぐ行きますよ」

「そうしてくれ。あと、赤い鳥の大群を目撃したとも言ってるし、貝に襲われたとも言ってるんだ。意識障害だろうか」

「貝？　貝殻の貝ですか？」

　蒔田優香が期待をこめた目つきでおれを眺めている。

4

　阿賀野川に面した遊歩道の真ん中で、応急処置を試みる若い女性とそれを阻止しようとする中年男が言い争っていた。負傷した下山者の扱いで対立しているようだ。

　救急隊が到着するまで触れるなと、怒鳴っているのは渡部巡査部長だった。マダニウイルスの二次感染を恐れているのだと思われた。

「私は看護師です」

看護師を名乗る中年女性が食い下がっている。看護師と巡査部長の周りには何人かのスタッフがいたが、ただ傍観しているだけだ。祭り半纏を羽織った年配の男がスマホに向かってあたふたと救急要請をしている。別のスタッフたちは固まってひそひそと話しこんでいる。

そんな連中のほとんどは、おれの眼には止まらなかった。ベンチに仰向《あおむ》けになった痩せた女性ハイカーにすぐ目がいく。顔面蒼白で眼を固く閉じ、全身が小刻みに痙攣《けいれん》していた。年齢は五十歳くらい。

「菊崎さん、これを」

おれの後をついてきた蒔田優香が透明な手袋と白いマスクを差し出した。「マダニがハイカーに付着していて、こちらに感染《うつ》ったら厄介《やっかい》ですから」研究員はすでにマスクと手袋を装着していた。

「どうも」

おれがマスクと手袋をしている間に、時田優香は巡査部長たちを押しのけて、ベンチのわきで膝を落として、女性ハイカーの耳元で名前を叫んだ。

「鈴木さん、鈴木京子さん！　聞こえますか。私ですよ、蒔田です！」

ハイカーがうっすらと目をひらいた。

「ま、まきたさん?」

「そうです、蒔田です。もう大丈夫ですよ、救急車が来ますからね! 何があったんですか。痛みはありませんか。マダニに刺されたみたいですね」

「ひどくだるい……熱もあるみたい。ねえ、優香ちゃん、よく聞いて。あそこはマダニより厄介よ。たぶん、わたしはそれにやられたの……」

かすれた声だ。

「マダニより厄介って何ですか?」

「ずくろも……それとイモガイの仲間のアンボイナ。それよりも夫が……」

「夫……? 鈴木洋さんね。彼はどこですか!」

蒔田優香が鈴木京子の耳元で大きな声を出した。

「笹蛭……なんとかしないと。赤い鳥、気をつけて……ねえ、ちょっと疲れちゃった」

鈴木京子はかすかに頭を傾けた。眼のふちに涙が滲んでいた。彼女の顔が笑ったように見えた。静かになった瞬間、彼女の身体が痙攣して跳ね上がった。そのまま目を見開いたまま動きが止まった。

「AED、急いで!」

脈拍を計測していた看護師が怒鳴った。おれがダッシュするよりも早く、すでに渡部が行動を起こしていた。普段は鈍重そうなのに、緊急時の俊敏さは見習わなければない。

巡査部長がエアボートから備え付けのＡＥＤを取ってきた。

看護師がＡＥＤを受け取ると、鈴木京子の服を脱がし、電極パットを胸にあてた。

緊急車両のサイレンが接近している。

第三章　異形湿地帯

1

到着した救急隊員に看護師と渡部巡査部長が状況を説明しているあいだに、おれはエアボートの運転台に乗りこみ、コンソールボックスからナビゲーションシステムを立ち上げた。阿賀町石間から五頭山系にかけての地形図を呼び出す。阿賀野川本流に注ぎこむ中小の河川は無数にある。笹蛭川もその中の一つだった。支流の笹蛭川を指先で辿《たど》っていくと、笹蛭湿地帯に到達した。湿地帯には、沼や湖がいくつか点在している。笹蛭までの道路アクセスは点線で記された林道と一本線で記された主要路があったが、いずれも途中で×マークがついていた。

おれは現場へ戻った。

救急隊は受け入れ先を探している最中だった。

鈴木京子はすでに救急車の中で酸素吸入を受けている。

救急隊員の一人が渡部の前にやってきた。

「ＳＦＴＳに感染していて、非常に危険な状態です。通常搬送ならどなたか付き添いをお願いするのですが、感染するリスクがあります。受け入れ先が五泉市広域救命センターに決まりましたので、お知り合いの方はそちらへお越しください」

五泉市救命センターは高度医療などで知られる大病院だった。

救急車が行ってしまうと、あたりは急にしんとなった。スタッフたちはイベントの準備に戻り、野次馬たちの姿も消えた。止まっていた時間が動き出し、たこ焼きやポッポ焼きの匂いが漂いはじめた。

祭り半纏を羽織った男衆もそれぞれの持ち場へ戻っていった。

緊張した声をはりあげているのは、電話をかけている蒔田優香だけだった。職場か知人かわからないが、鈴木さんがどうのと説明していた。受け入れ先の病院名を教えている。そのあと、自分はこれから旦那さんを探しに行きますと、言っている。

「あの画家先生の予言、気になりませんか」

遠のいていくサイレンと目の前の蒔田優香の通話を聞きながら、おれは渡部に話しかけた。

「あの登山者は山歩きをしていて、マダニに刺されたのだ。赤い鳥とか貝に襲われたとか言ってたが、ＳＦＴＳの幻覚ということもある」

「そんなんでいいんですか」

「皆さんはお祭りを楽しみにしてるからな。安全は必須なんだよ。波風を無理に立てたくないね」

「中止すれば、経済的な損失も計り知れないか」

おれは屋台に群がっている人々を眺めた。イベント独特の熱気が立ちこめていた。

渡部はそれには答えず、鳴動しているスマホを耳にあてた。「はい。渡部」

彼の顔色がみるみるうちに蒼《あお》くなっていった。眉間に皺を寄せ、しきりに頷いている。頬がスモモのようにふくらんで、ぷっと息を吐いた。そしてスマホを閉じた。

「緊急のお呼びだ。これから関谷《せきや》分水路まで行く」

「何の騒ぎです？」

おれは彼に聞いた。関谷分水路とは新潟県を流れる信濃川の下流にある運河である。

渡部は自分の情報を、おれにどのくらい与えていいものか考える顔つきになった。

相棒《バディ》とはいえ、おれは民間人で彼は警官だった。

「俺の知り合いが死んじまった。死体で発見されたそうだ。検視の立ち合いに来いとさ」

「犯人は？」

「うん。詳しいことは後で話す。そういうわけで、ラオユエ祭りの水上警備はキャンセル。中止」

「わかりました。何か手伝うことはありますか」

「ないよ」渡部は即答してから、急に思いついた表情になった。「さっきＳＦＴＳの幻覚だと言ったが、アレは撤回する。さしつかえなかったら、笹蛭がどんな状況なのか偵察してくれ。お前さんのスキルなら朝飯前だろ」

「理由は？」

「俺の知り合いは、とある半グレグループを内偵してたんだ。今はそれだけしか言えん」

「いいところまでいってたんですね」

「いいところまでとは言えんね。良くないのは、俺の情報が正しいと、お前さんが思いこむことだよ。だから真っ白な画用紙に絵を描くみたいに、偵察してほしい。用心はしてくれ」

警察情報は開示できないが、線引きがうやむやになる時もあるということらしい。

おれは了承した。

蒔田優香がじっとこちらを見つめていた。

渡部は気に入らなさそうに女を睨んだ。

おれは間に入り、彼女はエアボートをチャーターしたがっているのだと説明した。

彼女の目的地が笹蛭だと知ると、渡部はさらに不機嫌そうな顔になった。

「俺としては、とても嫌な予感がする。ヤバいと判断したら、すぐに撤収しろ。わかったな、菊崎」

「渡部さん、そんなに危険な場所ですか」

「わからない。わからないから困ってる」

「まるで押し問答ですね」

「そちらのご婦人の方がいろいろ知ってそうだな」

渡部は矛先を蒔田優香に向けた。彼女は微笑んだだけ。

ミステリアスな女だ。おれの中で警戒モードが点滅した。渡部はもっと喋りたそうだったが、パトカーが到着して、おしまいになった。

2

おれは彼女をボートへ手招きした。

「乗れよ。日当は幾らだ？　それと詳細が知りたい」

「詳細は長くなりますよ。時系列をのんびり聞いてくれそうな方には見えませんけど」

蒔田優香は皮肉っぽく詳細を語りはじめた。

鈴木洋・京子夫婦は海洋生物のイモ貝の研究者だという。イモ貝といってもその種は何百もあり、夫婦は特にアンボイナ貝を専門にしていた。

「企業秘密もあって口外できないけど、海の貝を淡水で養殖できないか、それをテーマに山の中で研究してるんですよ。笹蛭は廃村だから人の目も届かない。ほら、新潟は水がきれいじゃないですか。越後の地酒が美味《おい》しいのは水のせいね」

地酒のフレーズの時だけ彼女の顔が輝いた。

「続けて」おれは促した。

「夫妻と連絡が取れなくなったのが、五日前。それで私が派遣されることになったのです。警察にも相談しようとしたのですが、本当に夫妻が行方不明になったのかはっきりしなかったし、曖昧な案件では警察は動かないと思った。かといって、私一人では不安でした」

「うん、わかる」

「で、こういうのにふさわしい人を紹介してくれた人がいました」

「お節介なやつだな。誰だ、そいつは」

「あなたの上司の河川管理組合長さん。日当十万円と提案したら、好きなようにしてくれとおっしゃいました」

胡麻塩頭《ごましお》で臼《うす》のような体型をした組合長、郷田《ごうだ》の顔が浮かんだ。郷田は若い女に甘いし、しかも抜け目ない。

おれは理由を言った。

「八十パーセントをピンハネできるからだよ」

「あら」

蒔田優香は口元をおさえて笑う仕草をした。

彼女はボートの舳先《へさき》の手すりを掴んだ。こちらを振り向いて口を開いたが、回り出したプロペラの騒音で音声はかき消された。

おれはスロットルペダルを踏みこんだ。

水流の抵抗など意に介さない八百馬力の加速力で水面を滑っていく。風が頬を薙《な》ぐ。速度計は時速五十キロを差していた。

川は右にカーブしていた。

三枚式の方向翼《ラダー》が揚力を受けて船体が右側に傾いていく。

おれは遠くへ目を向けた。標高八十メートルのウルシ山が見えた。ごつごつした岩肌を剝き出しにした絶壁の山だ。山頂付近に申し訳程度のウルシが茂っている。切り立った崖が垂直に川面から生えているような山だった。ウルシ山のたもとで水路が分岐していた。

おれはボートをスローダウンさせ、操縦桿《スティック》を手前へ倒した。身体の側面から引っ張られるような力がかかり、ボートは左方へ直角に曲がった。プロペラ音を咆哮《ほうこう》させながら笹蛭川に入った。笹蛭川は山間部にあるいくつもの湿地帯を源流に持つ。

笹蛭まで五キロほどだった。おれはスロットルペダルの出力を上げた。

たちまち凄まじい噴射音が頭の真後ろから襲ってきた。プロペラの高回転が強力なエネルギーの奔流となって、ボートを押し出すのだ。

やがて、ボートは笹蛭川の源流に辿り着いた。そのあたりは、いたるところに浮草が漂う沼地だった。

減速しながらボートを留められそうな場所を探した。

とつぜん、氷のような風が沼地を吹き抜けた。

雷雨の前兆だ。

西側の山の端から天空に向かって真っ黒な積乱雲が立ち昇っていた。まもなくあたりは瀑布のような雨に見舞われる。リボン状雷光が山稜を紫色に照らした。六秒後に雷鳴が轟《とどろ》いた。

蒔田優香が不安そうに空を見上げた。まだ青空は残っている。

エアボートの装備は日傘のような幌《ほろ》だけである。幌は頑丈なカンバス生地だが、横殴りの雨風はしのげない。

研究員は背負っていたリュックからフード付きのレインパーカーを取り出した。おれが思っていたより準備はしている。

眩《まばゆ》い閃光《せんこう》がきらめき、同時に雷鳴が轟いた。

夜のように暗くなった。

大粒の水滴が落ちてきて、三秒後に滝のような雨に変わった。突風が吹き、ボートは木の葉のように揺れた。水面が真っ白に泡立った。

水位が上昇していた。

「シートベルトをして、しっかり掴まってくれ！」

おれは研究員に向かって怒鳴った。彼女が拳をあげてオーケイの意思表示をした。

おれはスロットルペダルを踏みこんだ。カーボンファイバーのプロペラが回転を始めた。

おれは四方へ眼を配った。

二時の方角に土手が見える。

六基のサーチライトを点灯させた。強力な光芒が雨闇の中を貫いていく。

おれは操縦桿を前に少しずつ倒しながら速度を上げた。

山間部の雷雨は台風のように荒れる。ボートが流されそうだ。

滑走路のように伸びていくサーチライトの帯を頼りに、スロットルペダルをさらに踏みこんで土手を目指した。

蒔田優香が振り向いて、口を大きくひらいた。「ねえ、ぶつかるよ！」唇はそう動いている。このままでは岸に衝突すると、警告しているのだ。

「いいんだよ、それで」

おれはかまわずにペダルを踏み続けた。

辺り一面が増水して湖のように広がっていく。濁流がボートの先端にぶち当たって、飛沫が砕け散った。

重量千五百キロの船体は暴れ馬のような波を押しつぶしながら水面を滑った。

土手が目の前に迫った瞬間、船体がふわりと浮き上がった。無重力状態になり、すぐにどううんと尻から脳天にかけて衝撃が突き抜けた。ボートが陸に乗り上げたのだ。

おれはエアボートを独楽《こま》のように回転させて態勢を整え直し、スロットルペダルをゆるめた。惰性でエアボートは陸地を滑走していく。船底が平べったいナイロン樹脂製のため、起伏の少ない陸地なら走行できる構造になっているのだ。一般のボートは水中のスクリューと舵《ラダー》で進むが、エアボートは水上にあるプロペラと方向翼で進む。

いつしか雨はやみ、仄《ほの》かに明るい陽が差していた。淡い靄《もや》がほんのりと我々を取り巻いたが、そばの森から湧き上がってきたものらしい。おれはエアボートを止めた。

おぼろげな青みを帯びた木々の狭間《はざま》に破れかけた金網フェンスがあり、その先に校舎か官舎のような建物が見えた。灰色にくすんだ古ぼけた壁と黒っぽい窓が、歴史を感じさせた。

おれはボートから身体を乗り出し、陸地のあんばいをたしかめた。どうやら道路のようだ。泥水をかぶっているが、歩くには支障がなさそうだった。

おれたちは無言のままボートから降りた。泥水のにおいに混ざって、不快な腐臭が鼻をついた。おれにはピンときたが、蒔田優香は顔をしかめているだけである。

「廃村といっても、まちの公園よりはずっと広いぞ。どうやって不明者を探すつもりだい？　心当たりがあるのか」

「ええ」彼女は紙の地図を広げていた。「偶然にしては、凄い腕ですね。目的地のそばに着いてましたよ」

「そりゃどうも」

おれが渡部から頼まれた偵察をどこから始めるべきか考えていると、彼女が建物の周囲を見分したいとのたまった。おれはもっともだと思い、とりあえず同行することに決めた。

学校の跡地を研究施設に改装し、併設のプールも生け簀に改造しているはずだと、蒔田優香は道すがら話してくれた。彼女は指先を金網フェンスに向けた。「あのあたりね、たぶん」

フェンスのところまでは道路がまっすぐにつながっていた。道路の両脇には山吹《やまぶき》の植え込みがあって黄色い花を咲かせている。

金網フェンスまで来ると突き当りになっていて、道路は丁字型に分岐していた。

腐臭は左側から流れてくる。最初に目に映ったのは、金網フェンスの下に設けられたブロック塀に、身体をくの字に曲げて寄りかかっている人影だった。

蒔田優香が口と鼻を押さえて呻いた。

「鈴木さん！」

彼女は行方不明者の名を叫んだ。しかし呼びかけに反応はない。

その男は恍惚《こうこつ》とした表情を浮かべ、見開いた眼を虚空に注いだまま息絶えていた。トレッキングシューズが足首のそばに転がり、厚手の登山ズボンがずり落ち、裸になった下半身に茶色っぽい塊りがいくつもこびりついている。

蒔田優香が悲鳴を上げた。

犠牲者を囲むようにして、体長二十センチを超える大型の巻貝が群がっていた。十個か二十個か。しゃりしゃりと音をたてながら蠢《うごめ》いている。巻貝群の一部が犠牲者の足を覆いつくし、ひどく緩慢な動きだが確実に這い上がっていた。

巻貝から伸びた触手の細い管が注射針のように、犠牲者の脚部と陰部に刺しこまれている。体液を吸い上げているようだ。

「なんだ、こりゃ！」おれは仰天した。「貝が人間を食ってる！」

「アンボイナ貝よ。恐ろしく危険だから、近寄らないで」

蒔田優香がひどくかすれた声でおれを制した。温暖な海域の浅瀬に棲息するイモガイの仲間だという。アンボイナ貝は獲物を発見すると銛《もり》のような形の歯舌《しぜつ》を突き出して、神経毒コノトキシンを注入する。歯舌の先端はかえし棘《とげ》の構造になっていて、簡単には抜けない。

「アンボイナ貝のコノトキシン毒は、コブラ毒の三十倍以上もあって、血清療法がないのよ。めまい、血圧低下、末梢神経の伝達阻害、呼吸困難、死亡に至る。海岸で貝殻集めをしていて、刺される事故がけっこうあるのよね」

蒔田優香は説明が終わると、飛び跳ねるように遺体から離れ、激しく嘔吐した。

おれは殺人貝の群れがどこからきているのかあたりを探した。灰色のブロック塀の上に張り巡らされた金網の一部にひどく破損した箇があった。灰色のブロックの表面にナメクジが這ったような跡が無数に光っていた。

おれはスマホを取り出した。

圏外マーク。

おれは舌打ちし、遺体の録画を始めた。遺体を撮るのは初めてではなかった。ミャンマーでは、虐殺された人々を何百枚も記録した。ＡＳＥＡＮや国連に報告するためだ。だが今回は渡部に報告するためだった。録画を終えると、おれは金網に手をかけてブロック塀をよじ登った。

新しい風景が目に飛びこんできた。

プールになっていた。いや、そんな上品な施設じゃない。むせかえるような藻の悪臭がした。青緑色の水面からたちのぼる水草や泥のにおいだ。かすかに磯の香りも含んでいる。プールサイドのベンチには、すくい網やトングバサミが並び、アクアスーツも置いてあった。

おれは視線を遠くへ向けた。プールの向こう側は雑草におおわれた広場になっていた。広場のずっと隅っこに二階建ての建物がある。灰色のくすんだ壁、整然と並んだ窓枠。水飲場もある。学校のようなつくりをしている。

蒔田優香が言ったことは本当のようだ。

彼女は落ち着いたのか、金網をよじ登り、おれの横に並んだ。

「菊崎さんにもう少し話しておくことがあります」

「そうだろうな」

「藪塚《やぶづか》のスネークセンターをご存じですか?」

「いや」

おれは首をふった。

「世界中の蛇を集めて飼育しているアミューズメントパークを兼ねた研究施設よ。キングコブラやガラガラヘビはもちろん、日本のマムシもこんな感じの、コンクリに囲まれた藪に放し飼いにされています」

「そりゃまた物騒な」

「でも、蛇の生態研究では最高峰の施設なんですよ。そこには世界中のありとあらゆる毒蛇の血清も用意されていて、緊急時には全国へ空輸されるそうです。もちろん、そこは厳重に管理されていて、毒蛇が逃げ出すことはない」

「そう願うよ。で、それがここどういう関係があるんだい？」

「実は笹蛭地区の跡地に、第二のスネークセンターを作る計画があったのです」

もっともその施設は蛇ではなく、有毒両棲類と有毒魚類の展示に特化したアミューズメントパークだったという。当初は村の過疎化対策の観光目玉の一つとして計画されたらしいが、県や市は認可せず、頓挫《とんざ》した。

「だけどしばらくして、観光はダメでも公的な研究機関ならオーケイだと条件を出してきました」

「公的研究なら民間企業でもオーケイ？」

「その通りです。民間企業と公的機関の合同企画でした。国の過疎化対策課と観光業者と製薬会社と両棲類研究機関が手を組んだプロジェクト。ウチのような水棲生物センターもオブザーバーで参加しました」

「製薬会社の参入は、解毒剤の開発かな」

おれは口をはさんだ。

「鋭いですね。アンボイナ貝のコノトキシンは、ペプチド結合系の神経毒なのだけど……難しい化学式は省略するとして、モルヒネよりも強い鎮静効果があることも知られています」

「そいつは凄い」

おれの脳裏にミャンマーのケシ畑の風景が浮かんだ。ケシからモルヒネを精製するが、日本の製薬会社は巻貝からもっと強力なクスリを造るつもりらしい。

「噂では、オブザーバーに反社会的勢力のフロント企業の名前もあったようです。たしか、モチベリ産業とか。モチベリ産業の顧問は持丸菊之助《きくのすけ》といって、笹蛭が村として機能していた頃の村会議員だったとか。いったん頓挫しかけた事業を、持丸菊之助が圧力をかけて覆したってところかしら」

「どのみち胡散《うさん》臭いね」

おれは俄雨《にわかあめ》あとの明るくなった空を見上げた。桜の梢から名残の水滴が落ちてきて、額を濡らした。

「問題なのは」蒔田優香は声を落とした。「事業開発に正体不明の団体が関与してきたということなんですよ。どうも雰囲気が、軍隊みたいな人たちだったらしいです。鈴木夫妻は、自分たちの意図するところと違う研究を強《し》いられたとも言ってました」

「直接、夫妻から聞いた？」

「メールで。そのあと、鈴木夫妻にトラブルがあったのだと思います」

「だけど、探してる人は発見できたろ。これから先は警察の仕事だ。おれらがどうこうできる案件じゃない。ところで、おれも探しモノがある、その地図を貸してくれるか？」

「どうぞ」

彼女は無造作に地図を差し出した。

おれたちはしばらくその辺を歩いた。研究施設があるという割には、人の気配が感じられなかった。

雨に濡れた木立のにおいは心地良かった。道路はまだ残っており、至る箇所に水たまりがあったがそれを跨ぎさえすれば、歩くにはなんら支障はなかった。

不意に蒔田優香が質問してきた。

「あの、どこへ行くのですか」

「神社だよ。鈴木夫妻のほかにここへ来た男がいる」

画家の川杉愁香がこの土地へ絵を描きに来て、廃屋にカップ麺の食い残しや水筒が放置されていたのを発見したことを話した。「先生は神社の境内で赤い鳥を目撃してるそうだ」

「赤い鳥って？」

「たぶんスズメ目カラス科のズクロモリモズのことだ。あれも神経毒のバトラコトキシンを持ってる。赤道付近の鳥だから、日本にいるとは信じがたいけどね」

「どうしてズクロモリモズだと断言できるんですか」

「鈴木京子さんはずくろ・・・もに襲われてたと言ってた」

道路沿いには壁の崩れた家が何棟も並んでいた。庭先は背の高い雑草や植えこみに埋め尽くされている。

山の斜面には棚田跡も見えた。

切妻の茅葺屋根も残存していた。人々の営みは微塵も感じられないが、画家はどんな郷愁を覚えたのだろうか。

五分ほど歩くと右手前方に灰色の鳥居と本殿へ延びる参道があった。

風化した狛犬《こまいぬ》がおれたちを迎え、その先に本殿がひっそりと建っていた。

欅《けやき》と銀杏《いちょう》に囲まれた境内《けいだい》には手水《ちょうず》場も残っていた。先ほどの俄雨の水が溜まってい
た。

だしぬけに、目の前を赤い物体が横切った。

おれたちは息を合わせたようにぎょっとして、足を止めた。

ズクロモリモズだった。

初めのうちは、一羽、二羽、三羽と手水場の水を飲んでいるだけだったが、次第にその数は増し、本殿の屋根、欅や銀杏の枝へと広がっていった。

「ヤバいなあ。退却しよう」

おれは蒔田優香の肩をそっと叩いた。

「ちょっと待って。写真だけ撮らせて」

彼女はかけていたサングラスを額まで上げると、スマホを被写体に向けた。「動画もね」

その時だった。

血のような色をした小鳥たちが、操作音に呼応するかのように一斉に羽ばたいた。

そのうちの一羽が優香めがけて舞い降りてきた。

深紅の稲光りのようだった。

鋭い嘴《くちばし》が彼女の頭頂部に襲いかかった。かぶっていたストローハットが勢いよく飛んだ。

「きゃ、なに、なに！　ちょっとかんべんしてよ、ったく！」

彼女が落とされたストローハットを拾おうと腰をかがめた途端、ズクロモリモズの数羽がおれたちめがけて襲ってきた。

おれは両手をぶん回して追い払った。赤い羽根がひらひらと舞い散った。

彼女も猛全と対峙していた。つばのついたストローハットを棒状にまるめて、群がる鳥を力任せにはたき落としている。ボールのように弾かれた一羽がおれの足元に落下した。憐みをこめた黒い目とおれの視線が合った。踏みつけるなら今がチャンスだった。

おれは思いとどまった。狂暴な殺意を真上から感じたからだ。

空がズクロモリモズで真っ赤に染まっている。

もし地べたに這いつくばっている仲間を踏み潰したら、おそらく、バトラコトキシン毒の洗礼を浴びて嘴で突《つ》き殺されるだろう。

数十羽のズクロモリモズが一斉に羽ばたいた。血の滴《しずく》のような羽が落ちてくる。

何の予兆もなく、五年前の記憶がフラッシュバックした。

ミャンマー共和国カチン州、ターペイン水力発電所近郊の小さな村。

食料品と水と医薬品などを積みこんだ貨物用エアボートから荷下ろしをしている最中だった。突如、銃声と爆発音が轟いた。悲鳴と怒声。おれが振り返って目にしたものは、立ち昇る紅蓮《ぐれん》の火柱と黒煙だった。

　叫び声と銃声が村の狭い通りの壁から壁へと伝わり、赤茶けた石畳を踏む重い靴音が響いた。険悪な様相に、おれは本能的に反応していた。

　ＤＳＡ自動小銃の安全装置を外して戦闘に備えていると、二人の幼い子どもの手を引いた母親らしき女がやって来た。服が血と煤《すす》で染まっていた。子供たちはわーわーと泣いている。

　母親が甲高《かんだか》い声を張り上げた。

　――ミャンマー軍がトラックでやって来た！　ＫＩＡも殺された！

　ＫＩＡとはカチン州独立軍のことだ。ミャンマー政府と和平交渉を行っている最中だったから、衝突したとは信じられなかった。

　だがミャンマー国軍は火炎放射器で村を焼き払い、逃げ惑う子供たちや親たちに向かって無差別に発砲し、抵抗する者は山刀で両手足を切断するという暴挙に出たのだ。

　――ＫＩＡの戦闘員から日本人のボートで逃げろって、言われてたんです。お願いです。子供たちだけでも！

　母親は泣き叫んだ。

　母親の背後に銃を構えたミャンマー兵が現れた。何十発もの銃弾が母親を襲った。頭部から脳漿《のうしょう》があふれ、腕が胴体から千切れ飛んだ。

おれも撃ち返した。ＤＳＡ自動銃の銃弾はミャンマー兵の内臓を粉砕し、血しぶきで空が赤く染まった。

ミャンマー兵は次から次へと現れた。

一瞬の猶予《ゆうよ》も許されず、おれは撃ちまくった。

オレンジ色の閃光が眩い奔流となって、ズクロモリモズの群れ中心へと命中するのが見えた。

おれはハッとした。

ここは廃神社の境内だった。

ズクロモリモズの群れはスズメに似た鳴き声で威嚇《いかく》していた。頭上をうるさく飛び回るが、おれたちが境内の外へ出ると、鳴き声が急におさまった。

もう追ってこないようだ。不気味に羽ばたく音もしなくなった。

「撤退しよう」

しかし、おれの判断は遅すぎた。皮膚が火傷《やけど》したようにヒリヒリする。神経毒のバトラコトキシンが、手や顔の皮膚の一部に付着してしまったらしい。

顔に灼熱感と痺れがある。蒔田も同じ症状を訴えていた。手首と首筋が真っ赤に爛《ただ》れていた。

二人ともまだ走れるだけの体力は残っていたから、ボートの係留地点まで急いで戻ることにした。途中で鈴木洋の遺体とふたたび対面したが、おれたちには遺体をねんごろにできる術《すべ》はなかったし、時間もなかった。

森に囲まれた道の向こうに鏡のように反射した湖面が見えた時は、いくらかほっとした。

だが、その安堵感も一瞬で吹き飛んだ。

エアボートを占拠している輩がいたのだ。おれは人数を数えた。運転台、船尾、二列座席の前後に一人ずつ。全部で四人だ。


侵入者たちは白や黒、黄色のギャングファッションに身をくるんでいた。静かな山間部にはそぐわない服装だ。

運転台の男がまず最初に地面に飛び降りた。姿勢を整えて、こちらの方へ歩いて来る。おれもボートに向かって歩いた。

蒔田が不安そうな声を洩らした。「あの、大丈夫でしょうか」

「ああ、問題ない」

おれは、おそろしく奇抜な風貌の男と向かい合うことになった。

額にはでかいタランチュラのタトゥがあった。左右の耳には蝋燭《ろうそく》のようなピアスがぶら下がり、スペードのジャックみたいな顎髭を伸ばしている。服装は緩めの白いT

シャツに黒のギャングパンツ。タランチュラはこの男のトレードマークみたいなもんだろう。一度拝んだら、決して忘れない顔だった。

「ジョギングしてたら、珍しい乗り物だと思ってよ。ちょいと、のぞかせてもらったぜ。カッコいいな。これ、オタクのか」

狂信者集団の教祖様風情の男は、意外にも俗っぽく話しかけてきた。が、彼の細い目は笑っていなかった。親し気に見せかけて、実は蛇のように襲うという狩り方なのだろうか。

「これから帰るところだから、みんな降りてくれ」

「なあ、オッサン。このボート、幾らだ？　売ってくれねえか。オタクをお抱え運転手にしてやるからさ」

いきなり飛躍した論理が展開された。

「売り物じゃない。降りろ」

「ダメだと言ったら？」教祖様風情の男は両腕を広げて通せんぼをした。奴の後ろに二人の手下が並んだ。黄褐色を基調にした服装のスケボー風の、十代後半くらいの若者だった。

もう一人はロン毛で上下黒で統一していて、髑髏《どくろ》のネックレスをして、海賊映画に出てきそうな風貌をしていた。蛸《たこ》の脚を髭にでもすれば、タランチュラ教祖のアトガマ間違いなしだ。

手下どもが妙な動きをすれば、おれとしても対処しなければならない。だが、おれの体力は、ズクロモリモズの毒のせいで消耗していた。視界が霞み、意識がゆるんでいる。タランチュラはおれの顔を覗きこみ、優香の方にも視線を投げた。

「おやおや、これはこれは。お二方とも具合が悪そうだ」その声には面白がる響きがこめられていた。「手足が爛れて顔も真っ赤だ。ひょっとして、ズクロモリモズに襲われちゃったりして」

「ああ、その通りだ。だから病院に行かせてくれ」

「ひゃははは。オッサン、そりゃ無理だって。もう手遅れだよ。死んじゃうから。オッサンたちが死んだら、ボートを頂くことにするから」

「お前、名前は？　贈与したくても、相手の名前がわからなくちゃどうしようもない」

「お、いいかっこし。俺は、宗像《むなかた》。宗像テルオだ。病院に行かせてやるかわりに通行税をよこしな。ここは俺たちの土地だ。勝手に侵入して勝手に出て行くことは許さねえ。有り金と持ち物全部だ」

「カネはない」

おれは拒否した。

だが蒔田優香は拒否しなかった。「わかったわ。きょうはこれで勘弁して」彼女はショルダーバッグから数枚の一万円札を取り出して宗像テルオと名乗った男に押し付けた。

「お？」タランチュラはニヤニヤしながら枚数を数えると手を振った。「よし、行け。ただし、ここであったこと、誰にも話すんじゃねえぞ。おたくらは、とっくに監視されてるんだからよ。わかったか。今回は女に免じて赦してやらあ」

蒔田のお陰で、教祖様はあっさりと引き下がった。もしおれが頑固に拒んだりしたら、もっと厄介になってかもしれなかった。

おれはエアボートの運転席に腰かけながら礼を述べた。

「ラッキーだったわ。それよりも、体中が痛痒い」

彼女は苦しそうだった。

「ペットボトルの水があるから、それで毒のついた箇所を洗い流すしかない。心臓が痛くないか。バトラコトキシン中毒の症状は心室細動、不整脈だ。最悪は心停止もあり得る。ズクロモリモズの毒は内臓と羽に含まれてる」

「詳しいのね。解毒剤はあるの？」

「南米やニューギニアの現地人たちは、バトラコトキシンを抽出《ちゅうしゅつ》して吹き矢や弓矢に使うんだよ。解毒剤は、何処《どこ》の病院にも研究施設にもないんだ」

「そんな。ウソでしょ？」

「このボートには、救急用の副腎皮質ステロイド剤とエタノールなら常備してるけど、何もないよりはマシだろ？　とにかく個人の治癒力だけが頼りなんだ」

おれは腫れた指先を眺めた。グローブのように膨らんでいた。ズクロモリモズと対峙している時に羽が触れたのだ。彼女も同じ症状を呈している。

おれはコンソールボックスから医薬品ケースとペットボトルを取り出した。

「黄色い箱がステロイド剤、ミネラルウオーターで患部を洗いながして、それを塗布しろ。気休めにはなる」

彼女は不安そうにペットボトルとステロイド軟膏を受け取った。

おれも患部を水で洗い流し、軟膏を塗布した。

「ねえ、あそこ！　人がいる！」

だしぬけに蒔田がおれの耳もとで叫んだ。彼女のひとさし指が木立の陰を差している。

3

今度は何だ？　おれは彼女に聞こえないように最も尾籠《びろう》な悪態をついた。

「あ、あの野郎！」

おれは思わず大声を出した。

でかい木の幹に寄りかかっている迷彩服の男。おれに川に投げ飛ばされ、すたこらと逃げた安崎浩平だ。

安崎はダンスするみたいに身体をくねらせていた。ジャンケン？　親指を曲げたり、パーにしたりしている。なんのパフォーマンスだ？

蒔田がおれに訊いた。

「知ってる人ですか？」

「奴はサイテーのクズだ」

「クズ？」

「そうだ」

おれは、捕り物をした経緯を話してやった。「奴をマジで沈めておくべきだったな」

「へえ、逃げられたんだ。でもなんかコミカルですね」

蒔田の口元かから白い歯がこぼれた。

おれはコメントを返さないまま、エアボートの方向翼を操作した。操作しながら安崎を眺めた。その時、おれは奴の妙な動作に気がついた。

手のひらを広げる……親指を曲げる……グーをつくる。

手のひらを広げる……親指を曲げる……グーをつくる。

更した。

ハッとした。同じ運動を繰り返している。あれは手話のＳＯＳ発信だ。ふざけているのかもしれないし、マジなのかもしれない。おれはボートの向きを変更した。

安崎浩平の足元に、黒いシャツにジーンズ姿の若い男が座りこんでいた。顔が真っ青だった。

「こいつは俺の弟でコウタ。アンボイナ貝に刺されて危険な状態なんだ。弟を運んでくれないか、頼む」接岸するなり、安崎は開口一番に告げた。奴の顔には、質問はあとにしてくれと書いてあったので、おれはそうすることにした。弟が顔を上げ、目で会釈した。兄貴の肩につかまりながら、ゆっくりとボートに乗りこんだ。おれは前方のベンチ型シートへ誘導し、横になるように言った。おれは、弟の身体をシートベルトで固定してやった。

「実はおれらもズクロモリモズに襲われて、これから病院へいくところだ。川沿いの病人搬送もおれの仕事だからな。兄貴も乗っていいぞ」

おれは促したが、ボートに乗ったのは弟だけだった。

「俺にはやることがある。すまないが頼む。それと病院はダメだ」

安崎が予想外のことを言い出したので、おれは少し驚いた。

「病院以外にどこへ連れて行けと言うんだよ」

安崎は手話で電話のポーズをした。

「鳥屋野潟《とやのがた》駐屯地の天里《あまり》陸佐《りくさ》に連絡しておいた。万代橋《ばんだいばし》のボートランプに迎えが来るはずだ」

「鳥屋野潟駐屯地だと？」

「そうとも、俺は陸自の人間だ」

安崎は言い残すと、走って森の奥へ消えていった。

素肌にまとわりつくようなヒリヒリした灼熱感が襲ってきた。

おれも病人だが、搬送できるのはおれしかいなかった。熱っぽい指先でスティックを握り直し、スロットルペダルを踏みこんだ。

笹蛭川と阿賀野川の合流地点まで辿り着く頃には、手足の皮膚がまくれ上がるような疼痛《とうつう》を覚えていた。まるで沸騰した熱湯を浴びたみたいだった。

積んであったミネラルウオーターのペットボトル半ダースは空っぽになった。川の水を汲んで患部を冷やすしか術がない。全身が熱い。バトラコトキシン症状は進んでいる。

蒔田優香は川の水を汲み、皮膚を冷やしては副腎皮質軟膏剤を顔面や手指に塗布していた。

「効いたとしても即効性はないし、自力で毒が洗い流せるまで我慢するしかないんだよ。数日で済むかもしれないし、何ヶ月もかかるかもしれない」

おれの一言で、あからさまに彼女は落胆の表情を浮かべた。

「解毒剤はないのね」

優香は同じせりふをくりかえした。

安崎の弟は眼を閉じたままだった。

気がつくと周りの風景が金魚鉢の藻が揺らいでいるみたいに見えた。ガラスの破片が空から降り注いで、空気が乱反射して、視野欠損を起こし始めている。山の一部が抉《えぐ》られたように欠け、川面の波が二重三重に歪んでいた。

幻覚だ。

そんなにひどく毒を浴びただろうか……おれが訝《いぶか》っていると、視界の片隅をくねくねとした物体が横切った。ぬめぬめしたナメクジのあとのような筋が、ボート前部のベンチ式シートの下へ潜りこんだ。

ベンチ式シートには安崎の弟が横になっている。

なんだ、あれは？

嫌な予感がした。

熱に浮かされた身体の芯に、冷たい雫《しずく》が垂れてきたような感覚があった。

おれは左手で操縦桿を操りながら、右サイドのコンソールボックスから、刃渡り三十センチのボウイナイフを取り出した。普段は水草や葦の茎を伐採するときに使用するナイフだが、用途はそれだけにとどまらない。鞘《さや》からナイフを抜いた。ボートのエンジンも停止させた。

運転台を降り、シートの下を物音をたてないように覗いた。

「どうしたんですか？」

蒔田がおれの横に並んだ。

「し！」おれは指先を唇にあてた。異様な緊張感は彼女にもすぐ伝わったようだ。ゴクリと唾《つば》をのみこむ音が聞こえた。

ベンチシートの下で体長一メートルほどの蛇がくねっていた。茶色いまだら模様と独特の三角頭。マムシだ。おれの全身に緊張が走った。

安崎の弟は異変を察知したのか、ハッとしたように眼をあけた。

「動くな」

おれは制した。

「なに」

弟がおれを睨む。睨むだけの気力はあるようだ。

「じっとしてろ」

おれはマムシから目を離さずに言った。

マムシが向かってきた。

おれは頭部を狙ってナイフを閃《ひらめ》かせた。頭部を切断する。頭を喪った胴体だけがバタバタと暴れ、その勢いのまま水の中へ落ちていった。

おれは血で汚れたナイフを川の水で洗い流しながら宗像のことを考えていた。宗像はエアボートとカネを欲しがってた。蒔田がカネを渡すとあっさり引き下がったが、その理由が分かった気がした。宗像たちは毒蛇を船内に仕掛けることで、おれたちの反応を確かめたかったのだろう。毒蛇に咬まれて死ねばボートも手に入ると思ったのかもしれない。どうやら、笹蛭は油断のならない土地のようだ。

「日本海の河口まで飛ばすぞ。しっかり手すりにつかまって、シートベルトしてくれ」

「了解です。あの……」蒔田は両手で頬を押さえている。た。「顔が日焼けしてるみたいに熱い……ヒドイ顔してますか」

おれは頷いた。熟れすぎたトマトのようだ。おれも右手首と左手の甲が紫色にパンパンに膨れ上がっていて痛痒い。

お互いにひどい状況だが、あの時だって生き延びたのだ。それに比べればたいしたことはない。ミャンマーの殺戮戦《さつりくせん》の記憶がふたたび蘇《よみがえ》っていた。

「たいしたことないよ。おれはもっとひどい現場を見てきたから」

おれはプロペラを回し、スロットルペダルを踏みこんだ。電圧計と速度計の針が跳ね上がった。緊急用のライトを最大限《Max》に、サイレンも鳴らした。


ミャンマー北部、カチン州ターペイン川沿いの集落、ポウェン。

集落を襲った連中は、国軍とは名ばかりの、中国マフィアと結託した私設の虐殺部隊だった。集落の人々はケシ栽培と特産品の翡翠《ひすい》原石加工を生業としていたが、それでも困窮していた。少数派民族の武装組織は収穫されたケシを売りさばいて武器弾薬と食料品と医薬品を買い、特に食料品などは住民にも供給していた。おれもマンダレーやチャウメで仕入れた生活必需品などを集落へ搬入する仕事をしていた。ポウェンの人々は猜疑心が強かったが、一度心を開けば素朴で優しく、ＫＩＡ（カチン州独立軍、少数派武装勢力）の戦闘員もおれには好意的だった。連中は親日派ではないが、おれのトランスポート（運び屋）としての技量を買っていたのだ。彼等はタフな男を必要としていたし、おれもタフな男の部類だと思っていた。

ミャンマー国軍の一個大隊は麻薬撲滅を謳《うた》った戦闘行為に出た。それは表向きで、バックには翡翠密輸や麻薬カルテルを牛耳る中国系マフィアが付いていた。ＫＩＡとの翡翠・麻薬交渉が決裂し、軍隊が見せしめのためにポウェン村の住人を無差別に攻撃したのだった。元々、ミャンマー政府とカチン州は不安定な状態にあり、衝突の口実はいくつでもでっち上げることができたのだ。

国軍の無差別攻撃は熾烈《しれつ》を極めた。

村は焼き払われ、逃げ惑う人々は装甲車に轢殺され、手榴弾で吹き飛ばされた。惨たらしい血の塊が四散し、空は爆炎で真っ赤に染まった。

ＫＩＡの戦闘員も応戦し、激しい銃声が交錯する。

おれは母親を喪った二人の幼い子供をボートに乗せ、ターペイン川を下った。

軍の一団が叫びながら、ボートを狙って短機関銃を掃射してきた。

おれはボートを百八十度回転させながら、ＤＳＡ自動小銃をフルオートで発砲した。瞬く間に三十連弾倉が空っぽになった。素早く予備弾倉を装填《リロード》する。

ボートを再度百八十度回転させ、全速前進モードに入った。

やがて川に架《か》かる橋が見えた。橋の上にミャンマー人でない男たちの姿があった。中国人マフィアだと直感した。

おれは橋の上に狙いをつけて、引き金を引いた。

オレンジ色の火箭《かせん》が吸いこまれていく。何十発もの空薬莢が舞う。

中国人マフィアが撃ち返す前に、彼等の身体の一部が千切れ飛んだ。

ミャンマーだけではなく、世界中で紛争が起きている。人命の尊厳が麻痺した戦争だ。対話による解決などという倫理観は存在しない。殺人と残忍な拷問を手段にして、服従を完遂させるのだ。自分たちの主義主張を認めない者は全て抹殺《まっさつ》すべきだという論理。しかもそこへ武器商人や麻薬、密輸、人身売買の利権が絡む。さらにその背後に国家が蠢き、ますます複雑になっていく。その隙間を縫うようにして、ＰＫＯ平和維持部隊は当事者間同士の監視、諜報、ゲリラ対策、戦争犯罪調査、インフラ整備などの任務につく。

戦争地帯において武器使用が可か不可かの議論をしている間、日本の自衛隊員たちは死の危険に晒される。それればかりではない。助けを求めに来た非武装の難民が目の前で殺されていく。少女が目の前でレイプされる。幼い子供を抱いた母親が機銃掃射を浴びてバラバラに吹き飛ぶ。だが、自衛隊員であるおれは彼らを救えなかった。それが法であり、上官の絶対命令だったからだ。おれが自衛隊に入隊したのは人々を守るためであり、何の抵抗もできぬ人々を殺戮する光景を傍観しながら、民主主義を鼓舞するためではない。おれは日本の日和見的な規範に見切りをつけた。

あの時のジレンマに比べれば、アンボイナ貝もズクロモリモズもたいしたことない。ただ、今のおれの倫理観は麻痺していた。気に食わない奴を始末することに躊躇《ためらい》がないからだ。紛争地域から帰国したのは、気の狂った麻痺感を鎮めたかったからだが、リハビリは当分お預けになりそうだった。

おれはスロットルペダルをさらに踏みこんだ。

速度計の針が時速七十キロに達した。ボートが阿賀野川本流を猛スピードで下っていく。

第四章　鳥屋野潟駐屯地

1

松濱大橋《まつはまおおはし》をくぐるとまもなく阿賀野川の終点だ。幅二千メートルの河口の先は日本海が広がっている。

まもなく日没だった。水平線に飛行船のような太陽が浮かんでいる。

大海原へ飛び出したボートを左旋回させ、もう一つの大河川、信濃川を目指した。

新潟市のランドマーク、朱鷺《とき》メッセが左手前方に見える。日本海側で一番高いビルだと謳っているところがいじましい。

佐渡航路の大型連絡船《フェリー》を横目に、空色に塗装された柳都大橋《りゅうとおおはし》をくぐった。

パブリックランプには大小さまざまな船舶が停泊していた。

おれは朱鷺メッセの対岸にエアボートを留めた。

制帽に迷彩服をまとった二名の男と、葉巻のように長いカーキ色の車両が待機していた。車両には赤十字のマークがついていなかった。男の胸元にも看護官の徽章がついていない。男の顔は制帽の庇《ひさし》に隠れていてよく見えなかった。ただ鋭い視線を感じるだけである。

「私は陸上自衛隊鳥屋野潟駐屯地の石塚《いしづか》三等陸尉です。今しがた安崎一尉から緊急収容の要請連絡がありました。聞くところによると、ゴノトキシン中毒が一名、バトラコトキシン中毒が二名ということでよろしいでしょうか」

「ああ」

おれは答えた。

「では準備します」

二人の自衛官の動きは俊敏だった。ストレッチャーがおろされ、安崎の弟が寝かされた。脈拍を測り、瞳孔検査を始めた。弟の顔色は死人のようだった。

おれと優香は運転席後部の座席に座った。

落ち着くと意識が急激に遠のいていった。

その部屋は経過観察室と呼ばれていた。病院の病室と同じような造りをしており、ベッドと小さなテーブル、パイプ椅子、衣類用の収納棚があり、療養するには申し分なかった。バスルーム、トイレつきである。テレビはない。窓から差しこむ光は明るく健康的だった。ただし、ドアが施錠されていること、窓に鉄格子が嵌《は》められていること、天井に四つの監視カメラがついていることを除けばだが。おれは窓の鉄格子越しに外を眺めた。眼下にエメラルド色の水をたたえた鳥屋野潟が広がり、遠くには弥《や》彦《ひこ》山と角田《かくだ》山が薄紫色にけむっていた。

おれは五日ほど留め置かれることになった。

その間、スマートフォンは没収された。したがって、誰にも連絡をすることができず、おれは恐ろしく不自由な生活を強いられた。ふたとみ亭の梨乃親子とやりとりができないのは辛かった。

蒔田優香も同じ境遇に置かれているはずだが、確認する方法がなかった。

食事は部屋のドアの下にある小窓からトレイが出し入れされる。食事係はロボットで、おれの問いかけに応じることはなかった。

それとは別に、一日に一度だけ、昼食前になると担当の看護官が薬を持ってやって来た。

二十代後半くらいの男で、

「お連れの女性は治療室で手当てを受けています。ご存じかと思いますが、解毒剤はないのです。できるだけのお手伝いはしますが、自己回復力で治すしかありません。所見《しょけん》では循環器系に毒は回ってはいないようですが、皮膚に付着したバトラコトキシンが組織の奥まで浸透していなければ、大丈夫でしょう。とりあえず、対処療法です」

彼はいつも同じ言動をくりかえした。

「渡部巡査部長に連絡したい。河川管理局にもだ。無事を知らせたい知人もいるんだ。スマホとウエストポーチと黄色いライフジャケットは？」

おれも毎回同じことを言った。ズクロモリモズの毒が脳神経のどこかを犯しているんじゃないかと疑うほどだった。すると彼はまた同じような言動をくりかえした。

「私物にはバトラコトキシンが付着している可能性があります。専門家が洗浄するので、預かっています。退院時に返却します」

「では、公衆電話かここの電話を貸してもらえませんか」

「申し訳ありません。できかねます。理由は、あなた方が口外してほしくない場所に立ち入ったからです。上の方から詳細を語ることを禁じられているので、これ以上は申し上げられません」

「ここの責任者は誰？　それも内緒？」

おれは食い下がった。

白衣の男は眉間にしわを寄せ、少しだけ沈黙して、口をひらいた。

「北アフリカのＰＫＯに派遣された元陸上自衛隊員、陸曹長だったあなたならお分かりだと思いますが。上官の命令は絶対なのです。ここが自衛隊の施設だということをお忘れなく」

単調な毎日だったが、そのぶん考える時間はたくさんあった。あれやこれやとわからないことを考えているうちに眠くなっては眠り、目が覚めると天井を見上げながら、また考えた。

夕方になると、おれは成分不詳の薬用風呂に入り、抗生剤を服用し、食事をして体力の回復を待った。お陰で皮膚の腫《は》れは治まった。体調も問題ない。そろそろ出て行きたい。

一つの結論が――仮説ではあるが――おぼろげな形を成してきた頃、ようやく事態が動き出した。軟禁されてから五日が経過していた。

部屋の掛け時計は十一時を指している。いつもと同じお昼前にドアをノックして入室して来たのは馴染みの若い看護官ではなく、迷彩服姿の石塚三尉だった。

三尉は無言のままカーキ色の紙袋を差し出した。

中をのぞくと、おれの衣類とウエストポーチとライフジャケットが行儀良く入っていた。

「すべて洗浄済みです。ただし、規則によりスマートフォンはここではお渡しできません」

事務的に言う。彼の顔に表情はない。

「それはどうも」

おれはパジャマを脱いで裸になった。三尉はあいかわらず無表情のまま、おれの着替えを監視している。男の着替えなど見ていてもつまらないだろうから、おれはジョークを飛ばした。「病室の中じゃライフジャケット必要ないな。しかし、こいつを着ればボートに乗って笹蛭へ行ける。あそこは楽しいぞ。アンボイナ貝のつぼ焼きとズクロモリモズ・ソテーのBBQをやるんだ。参加するかね？」

通用しなかった。

苦笑いすらしない。

「施設長の天里一等陸佐がお会いして、そこでスマホを直接返却します。菊崎さんは、天里一等陸佐をご存じですか」

おれは知らないと答えた。三尉は心外そうな顔をした。

「北アフリカＰＫＯ第三次派遣部隊の大隊長を勤めた方ですよ」

「おれは第二次派遣部隊の所属だった。帰国してすぐに退官したから、後任は名前しか聞いてない。お待たせ、着替え終わったぞ」

病室の外は静かで人気《ひとけ》がなかった。これから夏だというのに冬のように寒い。無機質な壁に囲まれた廊下を進むと、吹き抜けになったエレベーターホールに出た。高い天井から眩《まぶ》しい陽射しが降り注いでいて、そのあたりだけ暖かくてほっとした。

エレベーターに乗り、七階で降りた。

「こちらへ」

三尉は先に廊下を進み、どっしりしたドアの前で止まった。

施設長室。

金ぴかのプレートがドアに貼り付いている。三尉はノックしてドアを開き、よくとおる声で告げた。「菊崎鷹彦さんをお連れしました」彼は道をあけ、中に入るようにおれを促した。

部屋の奥に新潟の市街地が見渡せる大きな窓があり、その窓の前に卓球ができそうなでかい机が置かれ、窓の脇には灰色のロッカーが配置されていた。

しわひとつないカーキ色の制服を着た神経質そうな年配の男が、卓球机の後ろに座って、書類の束に目を通している最中だった。

やがておもむろに顔をあげた。真鍮《しんちゅう》でできた仏像を思わせるような顔をしていた。天里一等陸佐はじろじろとおれを観察した。

「回復したようだな」彼は椅子の背に寄りかかり、機嫌が悪そうだった。「君らは招かれざる客だった。息を引き取ってくれた方がよかったよ……新潟の山奥で朽ちるべきだった。しかし、治ったなら仕方ない」

おれは天里陸佐のいかにも不愉快そうな視線を受け止めた。病人をいたわらない接し方をすれば、おれが恐縮して床に頭をこすりつけ、なす術《すべ》もなく狼狽《うろた》えるとでも思ったのだろうか。それともまだおれが下位の階級だと思いこんでいるのだろうか。以前だったら、少しは恐縮していたかもしれない。自衛隊は絶対的な階級社会だからだ。

しかし、今のおれは自衛隊員ではない。おれは天里陸佐が考えているほど階級を意識していない。長い年月はおれを変えていた。おれは儀礼上の謝意を述べ、それから結論を、カマをかけてみることにした。

「立ち入った場所がよほどお気に召さなかったようですね。理由はジュネーブ議定書で禁止されてる生物兵器の実験施設があるからじゃないですか。バトラコトキシン毒のズクロモリモズ、コノトキシン毒のアンボイナ貝を人工的に飼育していることが公《おおやけ》になれば、日本どころか世界中からバッシングを浴びることになりますからね。用途目的が島嶼《とうしょ》防衛だったとしても、言い訳にはならんでしょ」

おれはひと息入れ、天里の様子を窺った。

天里はシニカルな笑みを浮かべた。おれの指摘がまったく的外れだと言わんばかりだった。

「きみは五日間も快適な部屋にいて、そんな答えしか出なかったのかね。いろんな状況を観察すれば、小学生でもそれぐらいの回答を導くだろう」

おれはにっこりとほほ笑んだ。

「まだ続きがあるんですよ」

「どんな？　話してみたまえ」

「いいんですか？」

おれは壁際で直立不動している石塚三尉を眺めた。

「聞かれて困ることはない」

「では遠慮なく。あそこでは自衛隊以外の民間団体も絡んでる。いわゆる、利権争いってやつかな。利権争いでなければ熾烈な縄張り争い」

「なぜそう思う？」

「死体を食べてるアンボイナ貝を見たからですよ。実験のミスでアンボイナ貝に襲われたとしても、死体の置き方がね……」

「死体の置き方？」

「ええ。不自然だったんですよ。アレは見せしめです。誰かを脅すためのね。仮に事故だったしたら、すぐに処理すると思うんですよ。それと」

「それと？」天里は興味をもったようだ。

「もしおれたちが口外することを恐れているなら、とっくに手を打ってるはずです。どこかに連れ去って人知れず始末するとか、大金を積むとかね」

「ここへ来る途中で、我々以外のどこかに連絡したか？　警察、消防、管理組合、農水省などだ」

　天里は食いついてきた。

「彼女はどこかに連絡をしたかもしれないけど、おれはしてない。本当ですよ。中毒症状がひどくて、それどころじゃなかった」

　おれは頭の中では違うことを想像していた。救急、警察が到着すれば、事情を説明しなければならない。安崎はそれを回避するために、鳥屋野潟駐屯地へダイレクトで向かわせたのではないか。

「死ねばよかったな。そうすれば丸く収まった」

「でもあなた方は我々を助けてくれた。それは人道上ではなくて、ほかの理由があるからだ……それも生半可な理由じゃなさそうだ。おれは安くはないですよ」

「それは嫌味か」天里は真鍮色の頬をゆがめ、部下を呼びつけた「三尉！」

「は！」

　石塚は背筋を勢いよく伸ばした。

　天里陸佐はおれの方に顎を突き出した。

「菊崎鷹彦の顔をよく覚えろ。のちのち、この男の面倒をみることになるかもしれん。絶対に顔を忘れないようにしてもらいたい」

石塚三等陸尉はおれが舐められるような距離まで近づいた。見開いた目が顔を這い回る。

「記憶しました。忘れません」

「菊崎は実戦経験者だ。決して油断するな」

「はい、決して油断しません」

「下がってよし」

天里が手を振ると、石塚は敬礼をして部屋から出ていった。

「僕を脅してるつもりですか」おれは問うた。

天里は手元の書類を整えながらおれを見た。

「私は生意気な口をきく人間が嫌いだ。あざとい男女が意外に多くて、自分の存在を宣伝しすぎる。こういう仕事をしていると、君みたいな人間に度々わずらわされる。SNSも我慢ならん。匿名に隠れて言いたい放題だからな。そういう場合、石塚三尉に任せると、不愉快な思いをしなくてすむ」

「コケ脅しは通用しませんよ。言いたいことがあるなら、はっきりと言ってもらえませんか。早く帰りたいので」

天里の顔が熟したトマトのように赤くなった。机の引き出しからA４の紙を取り出すと、おれにつき出した。英文字で逮捕送還要請書と読めた。

「発信元はミャンマー国軍司令部で、外務省から自衛隊に回ってきた。海外で活動する元隊員も多いから、心当たりがないか調べろということらしい。右の者タカヒコ・キクサキは北部カチン州の武装勢力ＫＩＡに加担、テロを扇動し、ならびにミャンマー政府軍兵士を殺害した。ついては、もし日本国内に犯人が潜伏しているのであれば、速やかにこれを逮捕し、引き渡してもらいたいそうだ。なぜ日本人の君がミャンマーにいたのか、その理由は問わん」

「ミャンマーでやってたのは、食糧と医薬品の運搬ですよ」

「それでいい。日本政府としても日本人が戦争しているなどと公にできないし、仮に本当だったとしても、犯人引き渡し協定がないミャンマーに日本人を送ったりしないだろう。だが、そんなのは関係ない。君の道は私が握っている。いくらでも罪をでっちあげられるぞ」

「いよいよ石塚三尉の出番だ。で、条件はなんです？」

「今まで何人殺してきた？　訓練ではない本物の人間を殺すのはどんな気分だ？」

「死にたくない気分ですよ。だから、僕を殺そうとする人間を殺すのです」

「うん、そうか。私は自衛隊の訓練の練度は世界一だと思う。足らないのは実際にヒトを破壊する訓練だ。……とある極秘施設の教官のポストを用意できる。興味ないか」

天里はぎろりとおれを見た。

長い沈黙があった。

「断ったら？」

「断れば、収監だ。横田基地から米軍の輸送機でマニラまで飛び、そこからタイを経由してヤンゴンに送り届けられるだろう。コンテナに積んだ荷物としてな。荷物だからトイレもメシも必要ない」

おれは少し考えてから言った。

「また脅しですか。あなたの奴隷になるのは御免ですよ」

「もう一つ、選択肢がある」

「なんですか」

「蒔田優香といっしょに行動して、彼女が何を欲しているのか探ってもらいたい。そして報告しろ」

「蒔田優香は私の依頼人《クライアント》だ。冗談はやめてください」

「下着の色とか、ファンデーションの好みとか、そんなことを調べろと言ってるんじゃない。彼女はアンボイナ貝に興味を持っている」

おれは頭をゆっくりと横にふった。

「そういえば、彼女の具合はどうなりましたか？　担当の看護師は何も教えてくれなかった。それと、安崎浩平の弟は？」

「蒔田優香は元気に回復した。退院して、どこかのホテルにいるはずだ。安崎浩平の弟は残念ながら死亡した。死因は、アンボイナ貝によるコノトキシン中毒症」

「お気の毒です」おれは二秒ほど瞑目《めいもく》してから先を続けた。「蒔田さんは同僚の鈴木夫妻の消息を知るために、笹蛭へ来たと言っていた。旦那はアンボイナ貝に襲われてすでに死亡、奥さんはＳＦＴＳ感染していた」

「その通りだ。だが、蒔田優香は、口止め料に五億円を吹っかけてきた」

「五億？」

あまりにも突拍子もない金額で、おれは思わず笑ってしまった。天里は笑っていなかった。おれも五億円の動機が気になった。

「私の話はそれだけだ。スマホは返却する。わかってるだろうが、撮影された遺体の画像は消去させてもらった。さて、私の言ったことが理解できていれば、なんの問題もない。君のスマホに、石塚三尉直通のアプリを仕込んでおいた。タップは一度だけ有効だ。十時間以内にどちらかを選択しろ。返事がなければ拒否とみなし、こちらの任務を遂行する。君と話せて楽しかったよ。帰りたまえ。この部屋を出て、エレベーターで一階まで降りたら、エントランスホールがある」

天里は再び書類に目を落とした。さらさらと紙の擦れる音だけが響いた。

おれはスマホを受け取り、荷物を抱え直してから、施設長室をあとにした。スマホの時刻は十一時三十五分だった。十時間以内……おれは足し算をした。

エレベーターのドアが開いた瞬間、いちばん最初に眼についたのは、陽射しを透過した全面ガラス張りの窓だった。太陽を独り占めできそうだった。目の前には鏡のように反射した湖面が広がっていた。

おれはしばし立ち止まり、健康そうな光をいっぱい浴びた。

窓の手前には、アンティークなソファと洒落たテーブルがゆったりと配置されており、リゾートホテルのロビーを思わせた。足元の絨毯《じゅうたん》は上品な赤葡萄酒色で、踏みこむたびに、くるぶしがふんわりと包みこまれるような感触を覚えた。

壁面に飾られた大きな油彩画が目にとまった。鳥屋野潟から弥彦山と角田山を遠くに望む田園の風景画だ。雄大な積乱雲の下で二つの山が競《せ》り合うような構図で、白と青と緑の絵の具が重なりながら夏を表現していた。絵の右下にサインが記されていて、syuukoh - kawasugiと読めた。

おれは鑑賞をやめて、広いエントランスホールを歩き、レセプションカウンターの若い女性陸士に会釈して、玄関の外へ出た。

四日ぶりの外の空気を吸いながら、官舎を見上げた。灰色に塗られた外壁を除けば、外見はいかにもリゾートホテルといったつくりをしていた。元々は絶景がウリの結婚式場兼リゾートホテルだったのだ。バブル崩壊後に倒産し、そのあと自衛隊の保養施設に転用され、さらに作戦群基地に改装されたという話は、おれも聞いたことがあった。現在は、ホテルマンの代わりに歩哨が立ち、駐車場には一般車ではなく自衛隊車両が並んでいた。

おれは駐屯地前の大通りへ出て、流しのタクシーを拾った。

「柳都大橋のパブリックボートランプ」

運転手に行先を告げると、首筋に滲んだ汗を拭いた。

タクシーは渋滞する車の間を進み、紫竹山《しちくやま》交差点を右折して、栗の木バイパスへ向かった。三分後には柳都大橋に通じるバイパスに入った。道路拡張中の工事看板がいたるところに立っている埃っぽい通りで、人の姿はなく、町全体がしょぼい。

ほんの数日のあいだにいろんなことが起きた。

プレジャーボートに違法監禁されていた少女たちを救出し、ラオユエ祭り中止を訴えた画家の川杉愁香を説き伏せ、マダニSFTSウイルス感染者の鈴木京子に会い、その夫の鈴木洋は海洋生物のアンボイナ貝に食われ、おれと水棲生物センター職員の蒔田優香も南方にしか棲息していないはずのズクロモリモズの大群に遭遇した。ジグソーパズルのような記憶が繋がっては消え、消えては繋がっていく。おれはどこに向かおうとしてるんだろう。いや、まだどこにも向かっていない。起きた事象を反芻《はんすう》してるだけだ。ジグソーパズルは繋がらない。笹蝗の様子を探りに行ったら、無残な遺体を発見し、いるはずのない生物を発見し、挙句、ズクロモリモズのバトラコトキシンを浴びて皮膚に炎症を起こし、自衛隊基地の医療施設に世話になったわけだ。

2

タクシーを降りると潮のにおいが鼻をついた。

愛用のエアボートは川面の流れに任せて、穏やかに揺蕩《たゆた》っていた。

桟橋をちゃぷちゃぷちゃぷと洗う音がする。

誰かが悪戯した気配もないので。おれはほっとした。もっとも、こいつを盗んだところで運転できる奴などそうそういないだろう。船舶免許の知識だけでなく、航空力学にも精通している必要があるからだ。

おれの頭上で汽笛が響いた。

佐渡汽船のフェリーが出港するところだった。デッキに鈴なりになった観光客たちがおれにむかって手を振っている。別の観光客たちは群がるカモメにポテトチップスを与えはじめた。カモメたちも観光客が餌をくれることを知っていて、勢いよく舞い降りて器用にかっさらい、急上昇していく。

おれは公衆電話ボックスから渡部巡査部長に電話をかけた。スマホに盗聴器が仕掛けられているかも知れないからだ。着信音が二度だけ聞こえて、渡部の声がした。

「菊崎か」

「はい」

「公衆電話からとは尋常じゃないな。ボートランプの防犯カメラにお前さんと女と若い男が自衛隊の車両に乗るところが映ってた。鳥屋野潟駐屯地へ行ったのか」

さすが、刑事としての推理力は素晴らしかった。

「そうです。ずっと軟禁状態で外部との接触がいっさいできなかったんですよ。ようやく、本日、まことにのどかな釈放日和《びより》となったわけです」

おれは、公衆電話で話せる内容でないと断りを入れてから、鈴木洋が死んでいたこと、ズクロモリモズに襲われたこと、安崎浩平の弟といっしょに鳥屋野潟駐屯地へ行ったことをざっくり話すだけにとどめた。

「で、今、何処《どこ》にいる？」

「柳都大橋のパブリックボートランプですよ」

「よし、わかった。信濃園ホテルのロビーで十三時に会おう。こっちも笹蛭湿地帯のことで、大事な話がある。あそこには奇妙な死体がごっそりあるって噂だ」

「渡部さんの方こそどうなんです。検視はどうでした？」

電話の向こうで渡部が小さなため息をもらすのが聞こえた。

「ひどい殺され方だった。関谷分水路の本川大橋の下で発見された。直接の死因は溺死だが、激しい暴行を受けた跡があった。両腕の骨を折られ、舌を切られ、耳と鼻に釘を打ちこまれてた」

「うわあ、そりゃ酷い。じゃあ、今は捜査で忙しいのではないですか」

「いや、俺は河川係だから、殺人事件の捜査権はないんだよ」

「新潟市の機動捜査隊《きそう》にいたのにですか」

「彼は大事な情報屋だった。あんなひどい方法で殺されて、はいそうですかと、俺が引き下がると思うか？　彼はヤクザな仕事をしてたが、大事にしてる母親もいる。それを思うと、とても残念で悔しい」

渡部の声は淡々としていたが、腸《はらわた》は煮えくりかえっているに違いなかった。

「お気の毒です。では、十三時に信濃園ホテルのロビーで」

おれは静かに電話を切った。

3

おれはエアボートのエンジン点検を後回しにして信濃園ホテルへ向かった。川沿いの遊歩道を歩きながら、高級そうなところなどない、こぢんまりした建物に目をやった。ビジネス客と節約派の観光客が気に入りそうなホテルだ。

おれは石段を登ってロビーに入った。

案の定、スーツ姿のビジネスマンたちがロビーのあちこちで商談をしていた。でかいリュックを背負った外国人観光客が、フロントで予約をしていないが泊まれるかと尋ねている。

フロントの壁時計の針が十二時三十分を指していた。

日当たりのいい隅っこのソファに座わっていると、尻ポケットのスマホが震動した。発信者は河川管理組合長の郷田だった。

「やあ、やっとつながった。無断欠勤するほど仕事がつまらなくても、連絡ぐらいよこせ」

頭ごなしの言葉づかいはいつも通りだ。今年七十歳の頑固上司である。イラついた声の調子からするとおれの安否を気遣ってはおらず、業務が滞ったことを非難している。

おれは急激に体調を崩してずっと寝込んでいて、音信不通になって申し訳なかったと詫び、あと数日休ませてほしいとお伺いをたててみた。

「菊崎が留守をしてる間に、ボート観光の予約問い合わせが五件あって、全部キャンセルになった。機会損失だ。それとラオユエ祭りの主催者から御叱りの電話が三回。祭り会場の水上警備をせずに帰ったそうだな。病人が出たことは聞いてるが、それでも、儂《わし》は何回も何回も謝ったのだ。この儂がだぞ。給料は無断欠勤ぶんだけマイナスする。文句あるまい？」

組合長の嫌味たらたらのお説教をたっぷりと聞いてから、おれはもう一度謝った。

「申し訳ない。埋め合わせはしますよ」

「当然だ」

「ひとつだけ訊きたいことがあります」

「なんだ？」

「ラオユエ祭りの当日に水棲生物センターの蒔田優香って女が、そちらに訪ねて来ませんでしたか。年は三十くらい」

「あの別嬪《べっぴん》か。いきなり来て、エアボートパイロットのキクサキタカヒコを紹介してくれと頼まれたから、よく覚えてる」

「僕を指名する理由を言ってませんでしたか」

「農水省の紹介状を持ってた。阿賀野川に棲息する生物を緊急で調査したいとの申し出だったので許可した。お前、いつあんな別嬪と知り合いになった？」

「知り合いなんかじゃないですよ」

「ホントか。あと、新潟警察の渡部さんが訪ねてきたぞ。別嬪の連絡先を知りたがってた。個人情報なので、教えられないと断ってやった」

「で？」

「緊急事態だとうるさかったから、電話番号を教えたよ。渡部さんだから問題ないと判断した」

「賢明な判断と思いますよ。また連絡します」

おれはスマホの電源を落とした。


ほどなくして渡部巡査部長と蒔田優香がいっしょに現れた。

渡部とおれは対面するかたちでソファに腰をおろし、彼女はおれの斜め向かいに座った。最初に彼女が口をひらいた。

「私たち三人がここに揃うのは危険だと思いますよ。誰かに監視されているかもしれませんから」

天井の防犯カメラをしきりに気にしている。

渡部は用心深い猫のような目つきで、ロビーの客たちをちらりと眺めただけだった。

「君らが笹蛭へ行ったとたん、急に連絡ができなくなって、こちらも慌てたぞ。まずは、二人とも無事で良かった。笹蛭はとんでもない場所のようだな」

「おっしゃる通りですよ」

おれは異を唱えなかった。

「よし、場所を移そう。ロビーで話せる内容じゃないしな。ツインを予約したんだ。手回しいいだろ？」

渡部がルームキーを見せびらかす。

我々は二階のツインルームへ移動することとした。部屋に入るなり、渡部はブラインドをおろした。

おれはベッドの縁に腰掛け、渡部と蒔田優香はティーテーブルの椅子に座った。

「これから捜査情報に関することを話すが、聞かなかったことにしてくれ」

渡部はいきなり始めた。

「関谷分水路の殺人事件の被害者は赤城《あかぎ》伸夫《のぶお》。彼は笹蛭の犯罪組織を内偵してた」

あだ名はアカちゃん。渡部が機動捜査隊《きそう》時代から使っていた情報屋《タレコミや》だという。詐欺グループのアジトの摘発、評判洋菓子チェーン店のウラの経営者が実は暴力団だった等、情報提供者として貢献してきた。先日のプレジャーボートの違法ポルノの情報もアカちゃんによるものだという。

「詳しい経緯は省くが、彼はダークウェブサイトを通じて闇アルバイトに潜入した。募集をかけたのは邪蛇連合会《じゃじゃれんごうかい》。邪蛇連合会ってのは、関東一円を仕切る準暴力団だ。

半グレ集団ともいうがね。仕事の内容は治験。製薬会社のアルシア社が開発した薬の治験がその内容だ」

「準暴力団が関わってる治験とは穏やかじゃないですね」

おれは顔をしかめた。渡部はうなずきながら続けた。

「治験そのものは違法じゃないが、ダークサイトを通じてるところをみるといかにも違法性が高い。アルシア社は一流の製薬会社だが、コンプライアンスは三流だな。アンボイナ貝から抽出精製したコノトキシンを患者に投与して、鎮痛効果の人体実験をしてたらしい」

国が正式に認可する前に行われる臨床試験のことを「治験」と呼んでいるが、当然ながら、設備の整った病院で行われなければならず、医師、看護師、薬剤師が常駐し、緊急時の対処も必須だ。

「アンボイナ貝から鎮痛剤なんか作れるんですか」

おれは渡部に質問した。

答えてくれたのは蒔田優香だった。

「アンボイナ貝の持つコノトキシンの毒性はとても強く、血圧の急激低下、局所の激痛、嘔吐、流涙、発声困難、全身麻痺、呼吸不全を起こします。つまり、脊椎動物の骨格筋を麻痺させる神経毒なのです。ズクロモリモズのバトラコトキシンと同じで解毒治療法はなく、ひたすら対処療法のみです」

彼女の説明によれば、コノトキシンはペプチド混合物から構成される神経毒で、十一個から十三個のアミノ基で繋がっているという。

「よくわからんよ」

渡部が苦言を申したてた。

「コノトキシンには幾つかの型があって、ミュー型は筋肉細胞のナトリウムイオンチャンネルを阻害するけど、オメガ型にはモルヒネより数十倍強い鎮痛効果があることも知られています」

笹蛭にはモルヒネよりも強い薬を造る設備があって、治験と称して、被験者を闇サイトで募集しているという。情報屋のアカちゃんはそれをリークしたというわけだ。

おれの頭に鈴木洋の無残な姿と朽ちた廃校舎と悪臭のプール、それと境内に巣くうズクロモリモズの群れが浮かんだ。

渡部は苦しそうな顔で続けた。

「アカちゃんは、裏バイトに応募し、潜入した。彼は生々しい証拠動画を記録し、それを外部に漏らそうとしてバレて、殺されたのだ。口封じというよりは、治験者が逃げ出さないようにするための、見せしめだな。おぞましすぎて、眼を背けたくなるぞ。これを見てくれ。このスマホは彼のもので、昨日、宅配便で俺宛に届いた」

渡部は紺色のスマートフォンをテーブルの上に置いた。

最初に流れたのは獣か人間かわからぬ、荒い息づかいだった。音声だけだ。やがて、飲み会で騒いでいるようなざわめきに変わった。

突然、ディスプレイに全裸の画像が映った。画面が暗いため男女の区別がつかない。ボイスチェンジャーを通した中性的な声も聞こえてきた。

――全員浴槽に入れ。水温は三十七度、ちょっとぬるいかもしれんが、我慢しろ。そのためにカネを払ってる。男ども、女の裸を見ても妙な気を起こすなよ。そんな奴がいたら、尿道に薔薇の茎を突き刺すからな。

渡部は画像を止めた。

「そういう趣味があったとしても、この続きは見せられん。そんなに時間がとれないからだ。ようは、泌尿器の奥にGPSを埋めこむための、次亜塩素酸ナトリウム風呂らしい」

画面が変わった。

鉄格子に囲まれた檻《おり》に、全裸の男女たちが閉じこめられていた。三百六十度全方位から檻の中は観察できるようになっている。全員がパイプ椅子に腰かけ、順番待ちしているかのようだ。話している者は誰もいない。青白い照明が彼等を照らした。十代後半から三十代くらいと思しき男女たちが俯いている。表情はうかがえない。

——これから諸君に仕事をしてもらうわけですが、その前に重要な注意項目があるので、ワタシキイテマセンなんてことがないように。

ボイスチェンジャーが規約を説明しているシーンのようだ。

——仕事が完了するまで帰宅はできません。外部との連絡もです。したがってスマホ、ケータイなどはあずかります。食事は一日二食。入浴は感染症が懸念されるので許可日以外原則禁止。GPSを泌尿器に埋めこむので当座はフォーレで蓄尿袋へ排泄する。GPSを装着するのは、逃亡防止のためです。仮に医者に逃げこんだとしても、取り出し手術は簡単ではない。

ここでひと呼吸おかれ、中性的な声が続いた。

——諸君はダークサイトを閲覧し、闇バイトに応募してきたワケありの人たちだから、馬鹿な真似をしないと信じてますよ、ハイ。で、GPS挿入後は本格的な人体強化を施術します。その際に鎮静剤として投与するのが、アンボイナ貝から抽出精製したコノトキシン・プラスです。モルヒネよりも強い作用があります。この治験は、まだ非公認段階であり極秘だから、どういうスタッフが関与しているかも、教えられません。治験期間は一ヶ月程度、以上。質問は？

ひとりが挙手した。

——あの。

ショートヘアの女だった。

――その間は家に帰れないのでしょうか。

――当然、帰れません。バイト終了後も秘密厳守のため、監視下に置かれます。とはいっても、人間の約束とはアテにならぬもの。では、約束を破るとどうなるか、サンプルをお見せするので、どうぞこちらへ。檻の鍵は開いてます。

ボイスチェンジャーの口ぶりがいかにも不気味だった。

また画像が切り替わった。

窓のない、狭い部屋だった。天井からぶら下がった電球が暗い照明を落としている。部屋の中央には鉄パイプ製の架台があり、そこに全裸の男が仰向けになっていた。両手足が架台の柱に縛りつけられている。猿轡《さるぐつわ》も噛まされ、絶叫にも似た呻き声を漏らしている。男の股の間に失禁の跡があった。架台のまわりに水を流すための溝が掘られていた。

――ここは処刑房と呼ばれる部屋です。足元をご覧ください。架台の周りに溝が掘ってあるのがわかりますか？　血を洗い流すためのドブです。

スマホのディスプレイは、どす黒い床とU字型側溝を映した。

いつの間に現れたのか、黒いマスクとサングラスで顔を覆った男が架台の脇に立っていた。その手には奇妙な形をした刃物が握られている。

中性的な声が奇妙な形の刃物の解説をはじめた。

――これは、人体の皮を剝ぎ取る道具です。言うなれば、電動式の人体用ピーラー。最初は左上腕部から。その次は腹。逃げ出したり、チクろうとしたやつには懲罰を加えます。もちろん麻酔なし生きたまま、全身の皮を剝ぎます。この男は治験期間中に逃げ出したのです。見せしめだ。やれ。

ピーラーのモータ音が鳴ると同時に画面がズームアップになった。細い回転刃が犠牲者の皮膚に食いこみ、抉り始めた。血の玉が噴き出す。犠牲者が身体をよじり、苦痛から逃れようとするが、回転刃は容赦なく皮膚を剝離していった。べろべろになった皮膚片がぼとぼとと落ちていく。床が真っ赤に染まった。

「動画記録はこれで終わりだが、もっとエグイ画像がまだ何枚かある」

渡部はスマホを操作した。

「まともじゃねえ。ここはいったいどこです？　誰がなんのために、なぜ、撮ってるんです？　ネットにアップして変質者を喜ばすため？」

おれは自分でも声が荒くなっているのがわかった。

「記録者はアカちゃんだ。彼はスマホに記録し、逃げ出した。だが途中で捕まって殺された」

「アカちゃんの報酬はいくらですか。」おれはむかむかしていた。

「彼のケチな犯罪を見逃してやることと二十万円」

いつもの渡部のような潑剌《はつらつ》さは消えてぼそりとつぶやいた。

「それが命の対価ですか。犯人は捕まった？」

「めぼしはついてる。東京新宿を拠点にしてる猟奇的なカルト集団だ。邪蛇連合会の下部組織のようだ。次の画像も見てほしい。これで終わりにするから」

中年の男が着衣のままプールに浸かっている。どうみても着衣水泳の訓練ではない。よく見ると、握り拳ほどの巻貝が男の手首にひっついている。彼は溺死しないように藻掻《もが》いている。おれは画面をピッチアウトした。プールの底が拡大されると、アンボイナ貝の大群が目に飛びこんだ。今度は画面をフェードアウトしてみた。見たことのある風景だ。笹蛭で見たプールだった。

「あ、鈴木さんだ！　ほら、鈴木洋さん！」

蒔田が絞り出すような声を漏らした。

渡部は蒔田優香を一瞥《いちべつ》しただけで、それに対するコメントはいっさいなかった。渡部の頭の中にはそれよりも優先する課題がある様子だった。

「施設は飯場《はんば》と呼ばれてるそうだ。廃校を再利用して治験室と居住区をつくり、関係者はそこで寝泊まりする。応募してきたバイトたちの食事と就寝を管理してるのが邪蛇連合会。アルシア製薬の研究棟を管理警護しているのが自衛隊らしい。なぜ、そこに自衛隊が関わっているのかはわからんが。で、バイトたちはそこで人体実験される。治験費用を提供しているのがアルシア社。時系列でもう少しわかりやすく説明しようか」

　半年ほど前の十一月下旬。

　阿賀野川支流の笹蛭川湿地帯で、人が住んでいないはずの場所にイモガイの養殖業者がいるらしいとの情報が入った。不穏な匂いを感じた渡部はアカちゃんに情報収集を依頼した。しかし笹蛭一帯は豪雪地帯であり、冬場は入山できない。春まで待つか冬山へ入山するかの選択を迫られたとき、奇妙な噂が迷いこんだ。自衛隊の特殊作戦小隊が冬山訓練のために十五名入山し、全員が行方不明になったというのだ。唯一、鳥屋野潟駐屯地の上層部だけが真相を知っていたとされるが公表されることはなかった。

　翌春、アカちゃんがダークサイトを検索していると、笹蛭を勤務地とする求人票を発見した。ダークサイトだから、当然、秘密裡の募集である。

　渡部は求人票をテーブルに置いた。

　時給五千円　三食付き泊まりがけ勤務　宿泊代無料
未承認鎮静薬の治験　山奥の温泉に浸かりながら当社指定の特別施設で臨床試験に

協力するお仕事です　医師、看護師常駐
勤務時間　午前九時から午後六時まで
勤務期間　概ね一ヶ月～二ヶ月。休日は土日のみ　社保、雇保、労保なし
応募資格　他条件　非公認段階のため秘密厳守できる方　二十歳から四十歳までの健康な男女　秘密保持のため、二ヶ月程度は外部との接触はできません　多重債務のある方、立替ます

「どんな仕事だったのですか」

「情報によれば、被験者の手足や内臓の一部を切除し、人工骨格や人工内臓と入れ替え、その時に生じる激痛を和《やわ》らげるためにアンボイナから抽出した鎮静薬を投与して効果を試すらしい」

「信じられない。なんのためにそんなことを?」

　蒔田優香が口をはさんだ。

「自衛隊がからめば想像はつくよ」

　おれは持論を展開した。

　戦闘時の銃創爆傷を速やかに治癒させ、いち早く戦線に復帰させるプロジェクトがあるらしい。あくまでも噂だが、消失した手足や骨格にチタニウム合金を埋めこみ、

交換可能な人工臓器を内包し、パワーアップさせる強化人体製造プログラムだ。その過程に生じる苦痛を緩和させるためにコノトキシンが投与される。モルヒネの何十倍もある鎮痛効果は、肉体的にも精神的にも和らげるだろう。その前段階の実験台がバイトたちなのだ。

渡部は座り直し、証拠品のスマートフォンをジャケットのポケットにしまった。

「アカちゃんはこれ以上の情報収集は危険だと判断して逃げ出した。そしてどこかのコンビニに立ち寄り、命がけで宅急便を手配した。俺は彼に今まで何度も手伝ってもらいながら、助けてやることができなかった。俺は徹底的に調べて、全てをさらけ出す。それが彼への弔《とむら》いだよ」

「気持ちはわかりますが、渡部さんは捜査権のある刑事じゃないんですよね」

「だからなんだ。スマホのほかにメモ書きもあった。自分が死ぬようなことがあれば、新宿のクラブ・ラオユエを調べてくれとな。だから俺は新宿へ行く。それと自衛隊員行方不明事件には、安崎浩平が関与してるらしいぞ。その安崎浩平の弟はどうなった？」

「死亡したと、天里陸佐が言ってました」

「そうか。ところで、お前さんは笹蛭へもう一度行けるか。なんか、こう、途轍《とてつ》もなくでかいヤマになりそうだな」

「おれもそう思いますよ」

おれは蒔田優香の反応を窺った。

彼女はとくにソワソワする風でもなく、妙に落ちつき払って言った。

「なぜ、海洋生物が山岳地帯に棲息できたのか、理由を調べようと思っています。鈴木夫妻の件も気になりますし。職場の大切な仲間を喪《うしな》いました。笹蛭でアンボイナ貝の悪用を企てているとしたら許せません。恐ろしいことです」

三方向からのアプローチで真相を解明することで、みんなの意見は一致した。

第五章　前哨戦

1

ホテルを出ると午後一時を回っていた。

おれは蒔田優香を昼飯に誘った。

「あら、それはどうも。ここは新潟ですから、おすすめが食べたいですね。でも高いのはちょっと」

値段を気にしたのは、水棲生物センターから支給された滞在費がどのくらい持つか心配だからだという。彼女にとってリアルな問題には違いなかった。長丁場になれば費用もかさむ。

ふたとみ亭は、郷土料理屋を兼ねたファミレスである。店の構えは茅葺民家を模している。観光客受けする外観だが、地元客や仕事客がけっこう利用している。サッカーができそうなくらいの広い駐車場も完備していて、土日には観光バスが並ぶ。超大型トレーラーの運ちゃんがカウンター席で飯を食っている日もある。値段はピンキリで、懐《ふところ》を気にしている人間にもリーズナブルな価格設定になっていた。

昼食タイムのピークを過ぎたせいか、店内は空いていた。

おれたちは日本海と佐渡島が一望できる窓際に座った。

「ふぁ、眺めがいい」

蒔田優香が景色に見とれていると、作務衣《さむえ》を着た中年の男が現れた。料理人兼オーナーの鎌田《かまた》マサオである。

「いらっしゃい。梨乃さんと桃香ちゃんが心配してたよ。ちゃんと連絡してあげた？」

麦茶の入ったグラスをテーブルに置きながら、連れに目をやった。眸が勘ぐっている。

（この女性は誰だ？　仕事仲間かな。それとも新しい彼女か？）

おれは、オーナーを安心させることに専念した。

「連絡してないよ。いろいろゴタゴタがあって、まずい状況なんだ。こちらの女性は水棲生物センターの方で、蒔田さん。阿賀野川の外来種の生息調査に見えた。地元の食事も仕事の一環なんだそうだ」

「調査？」

「うん。それより、桃香ちゃんは？」

　おれは話題を変えた。

「ママといっしょに、あごのランタンへ手伝いに行ったよ。実は、向こうのパートさんが入院することになってね、当座のピンチヒッターをお願いしたんだ。あそこには梨乃さんの実家もあるから、仕事してるあいだの桃香ちゃんの面倒はご両親がみてくれるそうだ」

　あごのランタンというのは、阿賀野川上流の阿賀町石間にある、ふたとみ亭の姉妹店だ。先日のラオユエ祭りが開催された場所でもある。

　優香はくすりと笑った。

「あごのランタンって、女の子たちが、あご、あごってふざけてたお店ね。ご挨拶が遅れました。私、静岡県の水棲生物センター職員の蒔田優香と申します」

　彼女は名刺を差し出した。

「いや、こりゃどうもご丁寧に」

　鎌田は恐縮している。

　おれはタレカツ丼定食をオーダーし、蒔田優香は塩引き鮭定食をオーダーした。両方とも新潟のソウルフードだ。

　タレカツ丼は、一般的な玉子とじカツとちがって、揚げたてのカツを甘辛い醤油ダレにさっとくぐらせ、熱い白飯に乗せただけのシンプルな丼飯。使う豚肉は薄く切ってあるのが特長だ。ふたとみ亭のタレカツのタレは、新潟産醤油、佐渡産のあご出汁、昆布出汁、阿賀野川流域の地酒、味醂、赤砂糖、赤唐辛子などを微妙な配合で作っている。米はコシヒカリ。豚肉は下田《しただ》産。付け合わせのおかずは、のっぺ汁（里芋、人参、蒟蒻《こんにゃく》、ギンナン、椎茸等の郷土煮物）だ。漬物は豊栄《とよさか》産の胡瓜《きゅうり》や茄子《なす》の古漬けだ。

蒔田優香がオーダーした塩引き鮭定食も田舎飯の定番である。材料は鮭と塩のみ。日本海の冷たい潮風と湿度の微妙な匙《さじ》加減で決まる。この組み合わせで低温熟成させると、白飯にぴったりの濃密な塩引き鮭に仕上がるのだ。

「ふぁあ、美味しい！　お酒にも合いそうね」

蒔田優香は嬉しそうに食べている。

「事件が片付いたら、新潟の地酒と塩引きを土産にすればいい。ほかにも旨いものはたくさんある。笹団子とか煎餅もあるぞ」

「そういえば、お煎餅のメーカー、新潟が多いですね」

新潟グルメで少しばかり話が弾んだあと、彼女は子供っぽい笑みを浮かべながら言った。

「梨乃さんって、もしかして菊崎さんの奥さんですか」

おれは口に含んでいた麦茶を一気に飲みこんだ。

「いやいやいや、違うって。高校時代のクラスメートだよ。五歳になる娘がいて、いつも挨拶してるだけさ」

「ふーん。ホントですか。女はちょっとしたことでも、スグわかっちゃうんですよ。えへへ。ま、いっか。実は私にも小学校二年生の娘がいるんですよ」

言いながらショルダーバッグからスマホを出して画像を見せてくれた。

目のくりっとした少女がウサギをだっこしていて、その隣で優香が微笑んでいる。

自分が遠方へ出張するときは、祖母に面倒を見てもらうのだという。

「一生おばあちゃんに面倒を見てもらうことになったらどうする？」

おれのなかでやりきれない思いがたちこめていた。

優香ははっとしたようにおれを見つめ、うつむいた。

「おっしゃってる意味がわかりません」

「笹蛭は予想以上に危険な土地だから、調査を中止しても誰も笑わない。五億円もらえなくても、大怪我するよりはマシだ。口止め料に五億よこせと、天里陸佐を脅したそうじゃないか。誰を相手にしてるのかわかってるのか。相手は国家だぞ。しかも天里の手下には石塚っていう命知らずがいる。万が一、あんたが交通事故に遭ったとしても、それは偶然じゃないことを今のうちに教えておくよ」

おれが忠告しても、彼女は顔色一つ変えなかった。

「天里陸佐、軍人のくせにお喋りですね。ほかに何か言ってました？」

「あんたの行動をスパイして、逐次、報告しろと」

「まあ、それで五億のことをご存じなのね。呆《あき》れた」蒔田優香は笑い出した。「私、保証人の負債を抱えてるんですよ。五億のうち、負債額が三億円。あとの二億は生活のため。笹蛭はおカネのにおいがすると思いません？　だからこそ、チャンスなんですよ。自分の身は自分で守れます。あなたの優しさには感謝しますけど、遠慮しておきます。ところで、近所にホームセンターはないかしら」

彼女は平然としていた。

「ここから西へ三キロくらい先に大型のホームセンターがある。タクシーを呼んでもらって行けばいい」

おれは答えた。

「そ。ありがとと。これからいろいろ準備したいので私はこれで失礼します。お昼ご飯、ごちそうさまでした。ところで、笹蛭へはいつ出発します？」

「明朝八時に、万代橋のボートランプへ来てくれ」

「明朝八時ですね。わかりました」

「子供が大事なら、子供の立場になって考え直した方がいいぞ」おれは立ち上がりかけた彼女に向かって言った。

「ご忠告ありがとうございます。でもあなたには、何億円もの借金の苦しみ、わからないでしょ？」

「そこまで言うのなら」おれは引き下がった。「好きにするといい」

2

船舶管理組合の庁舎に着いたのは、午後三時半すぎだった。

当直の男性職員がにやにやしながら舫綱を投げた。

「菊崎さん、お帰りなさい！　組合長《オヤジ》の逆鱗に触れたそうですね」

おれは舫を結びながら、二十歳になったばかりの職員をにらみつけた。

「やかましいぞ、吾一《ごいち》。ちゃんと空体力学の勉強してるか」

「してますよ」

「ホントか。じゃあ、ベルヌーイの定理について講釈してみろ」

「えっと、ベルのついた犬のことですよね」

「受けないオヤジギャグはやめろ。んなんじゃ、エアボート試験、通らねえぞ」

「勘弁してくださいよ。まだ船舶免許二級取ったばかりなんですから」

「じゃあ、大目にみてやるよ。ボートをスピンターンさせるときの注意点はなんだ？」

「えっと、ボートを旋回させるときに注意することは……プロペラの回転運動に生じる反作用で……転覆する危険性もあって……慎重に度胸よく」

　おれは笑いながら遮った。

「ハイ、よくできました。忙しそうなとこ悪いけどさ、ボートの前方シートを取っ払って全地形対応車《ATV》を積んどいてくれないかな。クレーンゲームしたいだろ」

「え、何するんすか」

「笹蛭で鬼退治だよ」

「ふぇ？　ATVの積みこみですか……あのモンスターを吊り上げてボートに載せろってことですか。菊崎さん、いつから桃太郎になったんすか」

「モンスターに乗った桃太郎はおかしいか？」

　ATVは、起伏の激しい草原や泥濘地《でいねいち》、砂浜などを走破できるバギー車である。だが、一般道路の走行は道交法で禁止されている。チタニウム合金の骨組みと太くごついタイヤで支えられた、まさにモンスターと呼ばれるにふさわしい乗り物だった。

　おれは掛け合いを切り上げて、昭和四十年から一度もメンテされていない管理棟に向かった。手押しのドアを開けると、便所の消毒臭と磯のにおいがした。玄関ホールの右手が漁関係者のたまり場になっていて、十畳ほどの広さがある。陳情者もいるが、ここに集まるたいがいの連中はサロンのように使っている。事務処理関係の部署は左側にあり、パソコンと書類がならぶ雑多な部屋だ。作業服姿の男女が数人、机に向かって仕事をしていた。

管理組合長の郷田猛男《たけお》が、一番奥の壁際の席で腕組をして虚空を眺めていた。貫禄じゅうぶんに太っており、顔の輪郭もごつい石臼を連想させた。短く刈った頭には白髪が混ざり、丸太のような腕は浅黒く日焼けしている。その割に眼だけは神経質そうにそわそわしているのが見てとれた。

「エアボート観光の収益が減ったのが、そんなに気になりますか」

おれは郷田の机の前で止まり、ＡＴＶの使用申請書を置いた。

「儂にそんな口の利き方をするのはお前だけだ。もっと敬え」

「はい、じゅうぶんにリスペクトしてます」

「リス？　なんだそれは？　ご迷惑をおかけしましたとか、ないのかね」

「それより、ＡＴＶ乗務の許可をもらいに来ました」

「あん？　ＡＴＶだと？　使用目的は？」

「悪路走行の練習ですよ。何日も休んだので、自己啓発です」

郷田はそんなトンチに騙されはしなかった。笑いもしない。どろんと濁った眼でおれを睨み、説教の続きを行った。

「将来、エアボート観光は新潟水路観光の目玉になる。信濃川から海岸沿いを通り、阿賀野川を遡上《そじょう》して、山間部の支流をめぐり、湿地帯と陸上を踏破していく。そんなマネはプレジャーボートや遊覧船にはできん。まさに自然のアトラクション。それだけではない。洪水や津波冠水地帯の救助艇としても活躍できるのだから、お前の責任は重大だ」

エアボートは平底構造になっており、スクリューや舵などの突起物がなく、そのため水中の瓦礫片や草木の枝を巻きこむ危険がない。凍結した湖や雪上も滑走できる。陸上の障害物も乗り越えられる出力もある。

「エアボートを操縦できるやつは、日本でもほんのわずかしかおらん。だからお前は重要なメンバーであることを忘れてもらっては困るのだ」

「はい、忘れません」

「よろしい。では、ATV出庫の許可を出そう」

郷田組合長は引き出しからハンコを取り出し、申請書に目をさっと通すと判を押した。それから何か言いたげにおれを見たが、何も言わずにデスクワークを始めた。

おれは申請書を掴み、事務所を出て、管理棟の隣りにある格納庫へ向かった。

ちょうどパレットに載ったATVが、クレーン車から吊り下げられているところだった。クレーンを扱っているのは吾一だ。吾一は嬉々とした表情で操縦している。幅六十センチのごつごつしたタイヤを穿いた小型四輪バギーが、エアボートの甲板に静かに下ろされていく。

吾一がクレーン作業から戻ってくると、おれは若い女がここへ訪ねてきた日のことを尋ねた。吾一はしばらく頭をひねった。

「ああ。変わった点といえばクルマですよ。品川ナンバーのＢＭＷでした。こんな田舎にＢＭＷの品川ナンバーは目立ちます。運転者はどう見ても、河川調査の服装じゃなかったんで覚えてます。どっちかというと、チンピラかな。茶髪で変な帽子かぶって、でかいピアスしてた。ＢＭって柄じゃないですよ」

「女とは親しそうだった？」

「いや、深刻そうでしたよ。もしかしたら、女のひと、泣いてたかも。ねえ、なにかあったんでしょ。菊崎さんがしばらく休んだのと関係あるんですか」

「さあな」

おれは吾一に礼を言い、受付へ戻った。

四日前の防犯カメラ映像を再生してもらい、ＢＭＷのナンバーを控えた。

3

ＪＲ新潟駅から北へ二キロほどいくと古町《ふるまち》アーケード街に着く。アーケード街の路地裏には、飲み屋やスナック、飯屋等がひしめく界隈がある。

薄暮というにはまだ明るすぎるが、あちこちで店先の行燈《あんどん》が灯り始めていた。

おれはでかい赤提灯がぶら下がった暖簾《のれん》をくぐった。〈狸〉という屋号の、こぢんまりした居酒屋だ。徳利《とっくり》を背負った狸人形が目印になっている。

仕事帰りに寄るにはいいあんばいの店だった。

おれはカウンター席にすわり生をオーダーした。おれの淋しい晩飯時だ。


一時間ほどかけて酒と食事を終えて、外へ出た時にはあたりは暗くなっていた。

大型の黒いワンボックスカーがおれの横をゆっくりと通り過ぎていった。窓はスモーク張りで、中を覗くことはできなかった。ラップミュージックが洩れている。窓を開ければ大音量の波動が溢れ出すだろう。

あたりに人通りはなく、車の往来もない。付近に並ぶ店はシャッターを下ろし、タクシー乗り場からも離れている。ワンボックスカーが徐行しなければならない要件はどこにもなかった。運転手はカーナビを見ながら目的地を探しているのかもしれないが、おれはそうは考えなかった。

自販機が目に止まった。

缶コーヒーを三個買う。二個を左右の尻ポケットにねじこみ、一個は右手に持った。ワンボックスカーが今度は不自然な猛スピードでバックしてきて、おれの真横でタイヤを鳴らして止まった。

ラップミュージックは消されている。運転席後部のスライド式ドアが開いて、目出し帽をかぶった男たちが一斉に降りた。

三人だ。

おれは囲まれた。

いきなり背中をどつかれた。

男たちは三人がかりでおれの全身を押さえつけ、そのまま車の中に引きずりこもうとした。一人がおれを羽交い絞めにして、一人が身をかがめて両足首をつかんだ。おれをワンボックスの中に押しこむつもりらしい。残りの一人がサバイバルナイフをおれの顔に突き付けた。「暴れんじゃねえぞ、オラ!」彼等にしてみれば素人を脅すには手慣れた手順かもしれないが、おれもそのへんはわきまえていた。

おれは両足をつかんだ目出しの鼻骨に膝蹴りをお見舞いし、羽交い絞めにしてきた男の方は足の甲を踏みつけてやった。明日から松葉杖なしでは歩けなくなるくらいの力で押し潰す。間髪入れずに踵でそいつの脛《すね》を蹴り上げ、背負い投げた。そいつの身体は宙を一回転して道路に落下していった。受け身ができていないから、固い路面の衝撃をまともに食らったはずだ。そいつは動けなくなった。

「うおおおお！」

顔面の真ん中を鼻血で染めた目出し帽が掴みかかってきた。仲間を呆気《あっけ》なくやられて血が頭に上ったらしい。

おれは右手のコーヒー缶を握り直し、そいつの額に叩きつけた。たった百五十グラムの重さでも振り子の要領で殴れば威力を増す。ベコリと缶がひしゃげ、茶色い液体が飛び散った。奴がひるんだ瞬間を狙いすまして足払いをかけた。男はスローモーションビデオのように倒れていき、側頭部をワンボックスの側面に打ちつけ、塗装が凹んだ。残りの一人はサバイバルナイフを握り直して突進してきた。おれは左のローキックでフェイントをかけた。彼はおれの左足にナイフを突き立てようとした。その刹那、おれはもう一個のコーヒー缶を彼の鼻を狙って振り下ろした。ぐしゃりと鼻骨の砕ける音がして鼻血が噴き出した。彼はサバイバルナイフを放り出し蹲《うずくま》った。

「ざけやがって！」

ワンボックスのスライドドアが開いて、さらに二名の仲間が加わった。茶髪の若者とスキンヘッドの年齢不詳の男。茶髪は金属バットを持ち、スキンヘッドは鉄パイプを手にしていた。

「てめえ、ぶっ殺す!」

茶髪が金属バットを構えた。

おれはダニどもを退治することに決めた。酔い覚ましにはいい運動だ。

おれは身をかがめ、左足に体重をかけた。最初に仕掛けてきたのは茶髪だった。おれは素早く右手を伸ばし、バットを振り上げる肘をつかんだ。相手が振りほどこうと身体をねじる。おれは鋭い左アッパーを突き上げてやった。茶髪はよろけたがバットは握ったままだ。おれは茶髪の手首と肘の中間をつかみ、ひねり上げながら睾丸に膝蹴りを食らわせた。

「ぐえ!」

そいつの顔が歪む。バットが落下した。

今度はスキンヘッドが鉄パイプを振り下ろしてきた。

おれは鉄パイプの先端を掴んだ。パイプの取り合いになるが、それが狙いだ。おれは相手を手前に引き寄せる。凄い形相と睨み合いになった。おれは腰を落とし、片手でスキンヘッドの足首を掴んで掬い投げた。彼の後頭部は派手な音をたてて道路に激突した。鉄パイプは乾いた音をたててワンボックスカーの下へ転がっていった。

おれはその態勢から前方回転しながら、落ちていたサバイバルナイフを拾い上げ、素早く起き上がる。サバイバルナイフを左右に振り、臨戦態勢を維持する。

スキンヘッドが後頭部をさすりながら立ち上がっていた。その手にはカッターナイフが握られている。

「きえええええ！」スキンヘッドが突進してきた。ナイフ戦を挑むつもりらしい。

おれは尻ポケットから三個目のコーヒー缶を取り出し、転がした。おれの意表をついた行動にスキンヘッドの視線が宙を泳いだ。

おれはナイフを一閃させた。ナイフはスキンヘッドの顔を真横から切り裂いた。噴き出した血で真っ赤に染まっていく。

「わ！　目が、目が！」

男はカッターナイフを放り投げ、パニック状態に陥った。

おれはスキンヘッドを冷ややかに眺めながら、睾丸を押さえて蹲っている茶髪の頭をわしづかみにして立たせた。

「誰に頼まれた？　言え。言わないと指を一本ずつへし折る」

「待ってくれ。あんたを拉致《らち》って来いと、頼まれただけなんだ。恨みはねえ」

茶髪は顔を歪めている。

「誰だ？」

「田中《たなか》っていうオッサンだよ。北濠町《きたほり》にある映画館跡に連れて行くことになってた。ちくしょう、こんなはずじゃなかったのに」

遠くからパトカーのサイレンが聞こえてきた。

誰か通報したのかもしれない。

おれもその場から離れることにした。

4

北濠町にある名画座は二年前に閉館になった映画館だった。シャッター通り街の外れにあり、解体工事中に放置された廃墟のような建物だった。映画館の入り口はベニヤ板が打ち付けられて入ることはできなかった。通用門があるかもしれないと思い、月明かりに照らされた路地裏へ足をふみ入れた。埃と錆《さ》びた鉄のにおいがした。足元には鉄パイプが転がり、ブルーシートの破片が落ちていた。

通用門の鉄扉が僅かに開いていた。おれは鉄パイプを拾い、鉄扉に手をかけた。扉は開いた。動きを止め、あたりの気配を窺う。

映写室と思しきブースから仄かな明かりが漏れている。蝋燭の揺らめきのような明かりだ。おれは鉄パイプを握り直しながら映写室の中に入った。

スーツ姿の男がスチールデスクに腰かけてタブレット端末を眺めていたが、すぐに顔をあげ、立ち上がった。男一人だけのようだ。男は両手を頭の後ろに回した。

「用心しているのはわかるが、こちらに闘う意思はない。鉄パイプ、おろしてもらえるかね」

「あんたが田中？」

「そういうことになってる。おたくが暴れてるシーン、拝見したよ。なかなかのものだ。それにしても、防犯カメラは便利だな」自称田中はタブレットをこつこつ叩いた。

「ところで、元陸曹長殿。ミャンマーではお手柄だったと聞いてるぞ。しかし中国の要人とミャンマー国軍の将校を殺害したのはいただけない。中国政府とミャンマー政府の手配書が日本の外務省と公安調査局に届いてるそうだ。日本人テロリストとしてな。ただ諸般の事情を鑑《かんが》み、公にはされていない」

「天里陸佐も同じこと言ってたぞ。同じ穴のムジナだな。いや、それだとムジナがかわいそうかな」

「その自信はどこからくるのだ？　では、これならどうかね？」

田中は画面を操作しながら、動画をおれに見せた。

梨乃が桃香を幼稚園バスに乗せるところが映っていた。画面が切り替わり、梨乃たちが住んでいるアパートが映った。おれの背中を冷たいものが這った。ふたりは家族ではないが、それでも大切な存在だった。いちばん癪《しゃく》に障《さわ》るのは、罪のない親子の平和が崩れることだった。おれは怒りを鎮め、鉄パイプを床に置いた。

「主導権はあんたが握ってるってことか」

「そういうことになるかな。だから増長しない方がいい」

田中は頭の後ろの手を解き、暗がりの中で薄く笑った。

「あんた、誰だ？　おれのことを良く知っているのに、おれがあんたを知らないってのは不公平だ」

「そうだな。ま、その手の機関のエージェントだと思ってくれ。内閣調査室、外務省邦人救出部、公安調査局、警察庁警備部。好きなのを想像してくれ」

「用件は？」

「おたくがいま関わってる案件で、追加がある。鳥屋野潟駐屯地の天里陸佐の口からでは言えなかった項目がある。これはおたくのようなスキルがある人間でないとできない仕事だ」

「仕事？　仕事と言ったな。おれを雇うのか」

「どう捉えてもかまわんよ」

「……」

「笹蛭のどこかに隠匿《いんとく》されてるTファイルを探し、奪取してもらいたい。ＵＳＢなのかディスクなのか形態は不明だ。だが簡単ではない。訓練された戦闘員と拷問が大好きなサイコパス集団が警護してるからだ。じゃまなら彼等を始末してもいい。生かしておくと後々面倒だからだ。方法は問わない」

田中は平然と言ってのけた。

「武器は？」

「安崎浩平が手配するはずだ。安崎、知ってるだろ。彼と合流したら、彼の指示に従え。それが絶対条件だ。上官と思って差し支えないぞ」

「ふざけるなよ」

「ふざけてなどいない。これはある種の軍事作戦である」

「Tファイルってなんだ？」

「知らなくていい」

「断ったら？」

「君に選択肢はない。断れば梨乃と桃香の安全が揺らぐ。成功すれば手配書の破棄と日本国内の身分保障だ。それとボーナスとして一千万払う用意がある。損な商談ではないと思うが。どちらがいいか、天秤《てんびん》にかけろ」

「体《てい》のいい脅迫じゃねえか」

「提案だよ」

「失敗したら？」

「失敗？」田中は少しだけ声を上げて笑った。「死ぬだけだ。笹蛭で負傷しても誰も救護しない」

「蒔田優香を知ってるか」おれは話題を変えた。

田中は首を縦にふった、

「鈴木夫妻の消息を調べにきた女だな。実は蒔田優香には三億円の負債がある」

「知ってるよ。今回の件で五億円の口止め料を吹っかけたそうだ。露骨すぎて、天里陸佐はおかんむりだ。蒔田には魂胆があるはずだからスパイしろと言ってきた。まあ、おれとしては気がのらない」

おれは腕時計を眺めた。約束の十時間が経過しようとしていた。おれは身体の奥で、異形で邪悪な魂がもぞもぞと蠢くのを感じた。

田中が満足そうな笑みを浮かべた。

おれはスマホを取り出し、石塚三尉のアプリケーションをタップした。

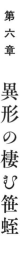

第六章　異形の棲む笹蛭

1

翌朝は快晴だった。

エアボートの船首甲板に積載された全地形対応車両《ATV》がまるで戦闘車両に見える。泥濘地仕様の四輪駆動車のタイヤは幅が六十センチある。おれは笹蛭が戦闘地帯になるであろうと予感していた。

エアボートのエンジンはいつも通りにやかましく駆動し、推進用のプロペラは暴風を生み出した。スロットルペダルを踏みこむと、燃料が流れる音がした。タコメーターと速度計の針がじりじりと上がっていく。

びょうびょうと風が鳴り始めると、左右の岸に停泊中の船舶が後方へ流れていった。

田園と畑に挟まれた阿賀野川は、穏やかで広々としていた。牧歌的な風景の中では、エアボートもアメンボみたいに見えるだろう。遥か遠くにはいくつもの山が連なっていた。川と並行している道路を玩具のようなバスやトラックが走っていく。

蒔田優香はボートの中央座席に座り、川風を気持ち良さそうに受けていた。ふたりとも防音ヘッドホンをしているので会話はない。

目印のウルシ山が迫ってくる。ゴツゴツした岩で覆われた急峻な山だ。

おれは操縦桿を後ろへ倒し、左へ方向転換した。笹蛭川はブナの原生林にはさまれた山あいを縫うように流れている。速度を落とし、船体のバランスを維持しながら上流をめざした。

やがて原生林の暗い翳《かげ》が途切れて、陽射しの降《ふ》り注《そそ》ぐ湧水湿地帯が目の前に広がった。浮遊する水藻がきらきらと太陽光を反射している。

おれはエアボートを遊水池の土手へ乗りあげた。

惰性で回転していたプロペラ音が静かになった。

山間部の初夏の陽射しはおだやかだった。吹き降ろす山風が遊水池を波打たせている。

おれは必需品の詰まった大型バックパックを背負った。中身はザイル、懐中電灯、暗視装置付き双眼鏡、三日分の口糧《こうりょう》、戦傷用医薬品パック、水筒などで、サイドポケットには小型のボウイナイフ二丁を隠してある。

蒔田優香も本格登山用のリュックを背負い、青色の保冷ボックスを肩から掛けた。

おれは船首に回り、クレーンの準備を始めた。

ホイストを操作して、全地形対応車両を吊り上げ、地面に下ろした。

エアボートはクレーンのほかにもいろんなピックアップユニットを搭載することができる。例えばスクーパー機能。船首に取り付けたすくい網状の籠がそれにあたる。これは水面に浮遊する水草や枝葉、瓦礫などの障害物を取り除く装置だ。水難救助者を掬い上げることもできる。滅多にないが、動物の死骸や水死体を搬送するときにも威力を発揮する。

おれは全地形対応車両《ATV》の運転席に座り、エンジンキーを回した。派手な駆動音が響き渡る。尻から頭にかけて震動が伝わってきた。

蒔田優香に乗るように促した。

「蒔田さんのリクエストからいこう。どこがいい？」

優香はＡＴＶの乗り心地を確かめ、ハーネス型ベルトをゆっくりと装着し、両膝の上に青色の保冷ボックスを大事そうに抱えた。

「まずはプールまでお願いします。水温、水質、成分濃度を調べたい。アンボイナ貝のサンプルも採取します」

太い排気音が轟いた。四人乗りの座席はチタニウム合金のパイプと分厚いドアに囲まれているだけで屋根《ルーフ》はない。フロントガラスもない。走れば風が真っ向から吹き付ける構造だ。そもそも公道を走るための自動車ではない。路面のうねりに合わせて車体が激しくバウンドするから、口をしっかり閉じていないと舌を噛み切ってしまう。それくらいにタフな乗り物だった。


プールの脇に鈴木洋の遺体はなかった。どうやら撤収されたようだ。

「片付けたのは警察かしら」蒔田優香はその場にしゃがみこみ、痕跡を探し始めた。

「警察だったらこのあたりは規制線が張られて今頃は大騒ぎだ。ここの土地で、そういうのを専門にしてる連中が片付けたんだろう」

おれは天里陸佐と面談したこと、新潟の飲み屋街で暴漢に襲われたこと、公安のエージェントを名乗る田中から聞いたことなどを話してやった。そして、蒔田優香がどんな立場に置かれているのかも、教えてもらったと付け加えた。「だから、あんたは自分のやりたいことを全《まっと》うすればいい」

優香は固まったように虚空を見つめている。口元だけが動いた。

「全部筒抜けだったのね。バッカみたい。でも、鈴木夫妻を探しに来たのは本当ですよ」

「それは信じるよ。それとおたくが多額の借金をしていて、返済の代償としてアルシア製薬から何かを盗もうとしていることもね」

「なんでもお見通しね」

「発信元は公安エージェントの田中だ。公安調査庁は日本人全員二十四時間監視できる仕組みを構築してるからな」

「菊崎さんも弱みを握られてるんでしょ」

優香は笑った。

「そうだな」

おれはお釈迦様のでっかい手のひらの上で遊ばされている孫悟空を想像していた。

彼女は登山用ズボンのポケットから折りたたんだセピア色の紙切れを出して広げた。建物の配置図だった。

「鈴木夫妻の研究棟に行きたいんですよ。私はこれでもアンボイナ貝のコノトキシン分類を専門にしています。夫妻はＮＭＤＡてんかん治療薬のニューロテンシン構造に似た新種のスーパーペプチドを発見しました。モルヒネの百十六倍も効果がある鎮静薬です。認知症治療薬への道も開けるんです。その分子構造モデルのスケッチと試薬は、どこの薬品会社にとっても垂涎の的で、大変な価値があります。私が欲しいのは……」

「うん、もういい」おれは手で制した。「あんたにもそれなりの策があるだろうからね。だけど」おれは間《ま》をおいた。「なあ、やっぱり考え直さないか。道路は閉鎖されてるが町までは繋がってる。何時間かかっても、子がいるなら帰った方がいい。母親はあんたしかいないんだ」

優香は驚いた顔でおれを見た。

「帰っても何も変わらない。貧困、貧困と差別される気持ちが、あなたなんかにわかるもんですか。三億ですよ。あなた、出してくれますか。ある大手薬品会社がこの研究のスケッチと試薬を三億で買ってくれるんです。ムダに死ぬか、何かやって死ぬかの違いです」

「わかった。あんたの無事と成功を祈る」

「目の前のプールを調べ、そのあと研究棟に行きます。居住区管理人の宗像さんにご挨拶して、鈴木夫妻のことを聞きます。それから、研究資料を持ち出しておしまい。鈴木さんと同じチームのＩＤカードがあれば簡単でしょ」

「おい、おい。ガチか」

おれは彼女のあっけらかんとした無防備なアプローチに呆れ、笑ってしまった。それでいいのかと、思わずつっこみたくなった。

蒔田は臆する風もなく、プールサイドへ行きたがった。

おれたちはプールサイドに立ち、二十五メートルプールの水面を見下ろした。以前は水は濁りきって悪臭に満ちていたが、今の水は澄み、異臭もなかった。プールの底に砂や石が敷き詰められ、まだら模様のアンボイナ貝の群落と青っぽい小魚の群れが見える。

蒔田が水面を覗きこみ、肘まですっぽり隠れるゴム手袋をはめると、いろんな器具を用意して計測にとりかかった。

水温計の目盛りをメモ帳に記入し、それが終わると今度は果実ジャムを入れるようなガラス瓶に水を採取して蓋を閉めた。

次にスポイト状の濃度計を水中に入れてサンプルを吸い上げた。眼の高さまで濃度計を持ち上げてパーミル目盛りを読み上げた。

「塩分濃度三十二・三パーミル、水温摂氏二十八・五度。アンボイナ貝を養殖するにはいい環境ね。でも、どうやって水温を高くしてるのかしら。それとこれだけの水量、どこから引いてるんだろう」

「水道、川、湧き水、井戸、温泉」おれは思いつくままに列挙した。「どっちにしろ、塩を入れただけじゃ海水にならないだろ」

「そうよ」優香は声を上げて笑った。「塩化ナトリウムのほかに塩化マグネシウム、硫酸マグネシウムなんかが海水の主成分だけど、微量のあらゆる元素が溶けてる。ルビジウム、セシウム、ストロンチウム、パラジウム、ウラン、マンガン、コバルト……金、銀もあるわね」

「お宝の山だな」

おれは廃校舎へ視線を転じた。

情報屋のアカちゃんが命を賭して持ち帰ったスマートフォンの画像を、おれは思い出していた。関係者たちがどこかに生活拠点を持っているはずだった。

たとえば、眼の前にある廃校舎の再利用。

蒔田優香は背負っていたリュックを下ろすと、アウターとジーンズを無造作に脱ぎ始めた。プロポーションのいいビキニ姿が出現して、おれは少しきょとついてしまった。

「アンボイナ貝を採取しなきゃならないのよ。まさか山奥でウエットスーツに着替えるとは思わなかったけどね。素潜りでもいいのだけど、アンボイナは危険だから」

ウエットスーツを装着していても、アンボイナの矢舌が突き刺す事例もあるのだという。

リュックからウエットスーツを出して、慣れた動作で手足を通していく。五キログラムのビーフステーキでも持ち上げられそうなでかいトングも取り出す。軽いストレッチをすると、プールサイドの手すりに手をかけた。何度か手すりパイプをガチャガチャと揺らして、まだ頑丈なことにびっくりしている様子だったが、そのまま人工海水の中に入った。水底に石ころのような貝が群落を成している。その中に彼女は踏みこんだのだ。プールだから水深がたかが知れているとはいえ、胸くらいまで浸かりながらアンボイナの上を歩くのは無謀に思えた。そのあたりはさすがに彼女も心得ているみたいで、トングでアンボイナ貝をひょいとつまむと陸に放り投げた。

大小合わせて六個の検体がプールサイドに並んだ。別名イモガイと言われるだけあって、芋のような恰好をしている。検体はプールサイドの上でのろのろと蠢いた。

蒔田優香はプールサイドに戻ると、早速、保冷ボックスに巻貝を収納した。

「検体は解剖や遺伝子検査をします。毒の濃度も調べることになるでしょう。ここのアンボイナ貝、作為的な突然変異種かもしれない。私の見立てでは種類が違う。なぜ水温が高いのか、水の浄化はどうしているのとか、調べてみたい」

彼女は作業に没頭しはじめた。

「おれとしてはあの校舎が気になるね。五分で戻る」

言い残し、その場を離れた。

校庭はヒメジョオンの花に覆われていた。ヒメジョオンの群生のむこうに、二層建ての校舎が建っていた。窓はベニヤ板で目張りされている。廃校舎の左手に、古《いにしえ》の神様が宿っていそうなイチョウの木が塔のように聳《そび》えていた。その下に数台の車が止まっていた。

スモークガラス張りの黒いマイクロバス、ベージュ色の軽自動車、陸自仕様の四駆。四駆の向こう側に校舎の玄関があった。洞窟のように暗く長い廊下、当時のままの掲示物、靴箱が見えた。人の気配がする。チリチリした感覚がおれの背中を這いまわった。

どこかで短い悲鳴が聞こえた。おれは反射的にプール側を見た。優香は無事だった。青色の保冷ボックスを肩から掛けているところだ。彼女は悲鳴には気づいていないようだ。

また悲鳴が聞こえた。今度は、はっきりと。

――だれか！　助けて！

女の声だ。

校舎の奥からだ。

――いやだ、いやだあああ！

――ほれ、ほれ、ほれ。

今度は下卑《げび》た男の声がした。

おれは黒いマイクロバスの陰に隠れて様子を窺った。屋内の視界は暗いが、必要なものは全て見えたし、聞こえた。おれは静かに息をしながらどうすべきか考えた。

茶髪の男が、全裸の女を追い立てている。茶髪の手にはアンボイナ貝が握られており、それを女に押し付けようとしていた。茶髪のすぐ後ろに、真っ赤なジャージの男がひっついている。ジャージの男はスマホを構えていた。

「おう、ちゃんと撮れよ!」

茶髪が怒鳴る。

女は足を引きずりながら玄関の外へ逃げようとしていた。しかし廊下と玄関の段差に躓《つまず》き、転んだ。

茶髪が女に馬乗りになった。茶髪は奇声をあげながら女の乳房にアンボイナ貝を押し当てた。

おれはマイクロバスの陰から飛び出した。馬乗りになった茶髪の頭を蹴り上げる。一撃でそいつはサッカーボールのように吹っ飛んだ。その拍子に落下してきたアンボイナ貝を掬い上げ、茶髪の顔面に押し付けた。貝の口吻がそいつの鼻の穴に食いこむのが見えた。これで彼はしばらく貝と格闘することになるだろう。

ジャージの男があっけにとられている。おれはジャージ男の腰にタックルをきめた。撮影用のスマホがそいつの手から落下し、彼は何事が起きたの理解する前に後頭部から床に倒れこんだ。頭蓋骨が潰れる音がした。

全裸の女は仰向けになったまま痙攣していた。目から涙があふれ、口から嘔吐して、激しくせきこんでいる。女はやがて動かなくなった。典型的なコノトキシン中毒症と思われた。

おれは卑劣な男たちを見下ろした。こいつらは女がのたうち回りながら死んでいく様を面白可笑しく撮影していたのだ。

同時に蒔田優香の動向が気になった。プールの方角から怒声が交錯するのが聞こえたからだ。

おれは身をひるがえした。その途端、背後からドスの効いた声を浴びた。

「てめえ！」

おれは鬼よりも怖い顔の男たちに囲まれていた。まずいことに、十人ぐらいいる。背の高いやつ、ガッチリ系のやつ、相撲体型のやつ、か細いやつ、プロレスラーみたいな大男、化粧の濃い女もいる。

そのうちのひとりは、額にタランチュラの入れ墨を彫っていた。露出した両腕も黒い入れ墨に染まっている。耳たぶが千切れそうなほどでかいピアスがゆらゆら揺れていた。宗像テルオだ。

「懐かしくて泣けるぜ」

おれはぼやいた。先日、エアボートを売れと迫ってきた男は、にやにやしながらマムシの一件をむしかえした。

「毒蛇に咬まれなくて、残念だったな。蛇はどうした？　食ったのか」

「好みじゃないんでね」

「そうか、嫌いか。だがここの女たちは蛇好きだぞ」宗像はエグイ冗談を飛ばしながら、有刺鉄線を巻き付けた金属バットをこれ見よがしにスイングした。ほかの連中もとても痛そうな武器を手にしていた。電動式ノコギリ、脳天から人体の薪割りができそうな斧、刃幅の広い山刀、鉄パイプ。おれは襲われたときの対処を考えなくてはならなかった。

宗像は床にのびている男たちの身体を有刺鉄線バットの先端でこづいた。

「だっせえなあ。こんなオジサンに舐められてよ。恥ずかしくねえのかよ」

仲間を助ける意思はないらしい。「ま、いっか。その代わりによ、オジサンの女をいたぶることにしたからよ。リモート生中継でっせ！　ほれ、よく見な」

宗像はスマートフォンの画面をおれに近づけた。

スマホにプールが映った。

ウェットスーツを脱いだ蒔田優香が数人の男たちに囲まれている。優香が抵抗している。彼女の助けを呼ぶ悲鳴と下卑た罵声がスマホから洩れてきた。

「オッサン、女を助けたいだろうけど、動かない方がいいぜ」

宗像は有刺鉄線バットをおれの頭に突きつけた。

電動式ノコギリが唸り出した。おれをこの場に釘付けにしたいらしい。優香を助けるためにはこいつらを倒さなければならないが、おれのボウイナイフは背中のリュックのサイドポケットの中にある。なんでそんなところに仕舞いこんだままにしておいたのか、おれは悔やんだ。

おれはディスプレイからも目を離さなかった。

恐ろしい惨劇が起きた。

ビキニ姿の優香がプールの中へ落ちていった。優香の身体にアンボイナ貝の触手が刺さる光景だけは見たくなかった。

男たちの哄笑《こうしょう》がリモート画面から聞こえた。画面がアップになり、水中でもがく優香が見えた。動画が消えた。

「はい、ご挨拶はこれでおしまい。続きは有料配信でお楽しみください」宗像は心から愉しんでいるような声音を出した。そうやって弱者をいたぶってきたのだろう。

「んで、オッサンはここになんの用事だ？」

「殺すのは一度だけにしてやる」おれは自分の内部に湧いた怒りを自制し、吐き捨てるよう言い放った。「死ぬのが嫌なら、おれをプールまで行かせろ」

「は？　意味不明なことほざいてんじゃねえよ」宗像は一歩下がり、手下たちをけしかけた。「手足の一本でも切り落としてやれや」

宗像は血を啜りたがるような眼をしていた。おれはそういう眼つきをする人間たちを、紛争地帯で嫌というほど見てきた。

「おす！」

若い男が勢いよく飛び出した。チェーンソーの歯が回転している。だがやつは、重たい電動式ノコギリを両手で支えると、動きがスキだらけになることを知らなかった。おれは電ノコの動きを追いながら、横目で鉈を持った男の動きも捉えていた。

チェーンソーは樹木を伐採する道具であって、人体を切断するために振り回す道具ではないのだ。おれは素早く身体の向きを変えて、背負っていたバックパックを鋸歯に噛ませた。頑丈なキャンパス布がバリバリと裂けていく。おれはバックパックのポケットからボウイナイフを一瞬で抜き、投げる。ナイフはチェーンソー男の喉元を貫通した。

男はチェーンソーを抱えこんだまま尻餅をついた。すかさず、おれはバックパックを右手に持ち直しながら横に跳躍した。バックパックを両手に抱えたまま鉈を持った男を押しこんだ。相手が押し返すのと同時に、おれは身をさっと引き、横へ交わした。鉈男の身体がふわりと泳ぐ。おれはやつの膝に鋭い横蹴りを放った。骨が折れる音がした。やつはギャッと叫びながらバランスを崩しながら倒れこむ。鉈がスローモーシヨンビデオのように落下していき、鉈の先端がそいつの足の上に刺さった。手負いの獣のように悶絶する。「足、俺の足が！」

「きえええええ！」

いきなり真横から別の男が奇声をあげながら山刀で襲ってきた。間一髪《かんいっぱつ》で、おれはバックステップで交わした。キャンバス布が真っ二つに裂けたが、同時に山刀の刃が巻き割りのように深く食いこむ。彼はバックパックに食いこんだ刀を急いで抜こうとあせっていた。おれはバックパックのサイドポケットから二本目のボウイナイフを抜いた。

「やるじゃねえか」

額のタランチュラを描いた宗像が有刺鉄線を巻いた金属バットのスイングを始めた。宗像の動きは洗練されていた。間合いを測り、前後左右に細心の注意を払っている。頭に血が昇ったまま突っこんでくるタイプではなかった。

「おい、そのくらいにしておけ」

大柄でがっちりした体形の男がおれと宗像の間に割って入った。逆光で顔は識別できなかったが、あきらかにチンピラ風情とは雰囲気が違っていた。目深に被った帽子、しっかりと肩づけした自動小銃、鎧のようなボディアーマー。このような均整のとれた装備は自衛隊員しかいない。

「宗像さんよ、その変態じみたバットを仕舞ってもらえねえかな」

ボディアーマーの男はおれには眼にもくれずに落ち着いた声で命じた。その太い声に覚えがあった。安崎浩平だ。

「この男は、ウチの客人だ」

安崎はおれの前に庇《かば》うように立った。

「はあ？　そんなの聞いてねえし」

宗像は一歩前へ踏み出した。有刺鉄線を巻いた金属バットから手を放す気はないらしい。

安崎は天井に向けて一発撃った。空薬莢が舞い、乾いた音を立てて床に転がった。

安崎は銃口をおれにも向けた。「あんたもナイフを下ろしてくれ。そうしないと、収まりがつかねえから」

「どっちが先に仕掛けたのか訊かないのか」おれは少しだけボウイナイフを下ろした。

「これは喧嘩の仲裁じゃないんだ」安崎はこわばった笑みを浮かべた。「邪蛇連合と俺たちはビジネス関係にある。ここでトラブルが起きれば、双方に影響が出るんだ。すまねえな、宗像さんよ、こいつは連れていくぜ。こっちの仕事が終わったら、この男を煮るなり焼くなり好きにしていいぞ。まあ、始末できればの話だが」

「あん？　ちょいと待てや。ここで暴れた分のオトシマエくらいつけてもらわねえとな」

宗像は床の上でへばっている手下たちを見回した。安崎はにやにやしながら頷いた。

「オトシマエをつけたいのなら、どうぞ。だが、この男はプロだぞ。一人で一個小隊分の働きをするんだ。一個小隊って何人だがわかるか。三十人だ。町のチンピラなら百人分に相当する。お宅は手下が手ひどくやられたと思ってるかもしれんが、俺の見た限りでは相当手加減されてるぞ。とてつもなく、お優しくな」

安崎は警告するような口ぶりで言った。宗像は不服そうに物騒なバットを下ろした。

「お宅らとのビジネス関係は崩したくねえ。だから今回は引いとく。だけど仲間をやられたんじゃメンツが立たねえ。だからビジネスが終わったら、こいつを殺す」

「好きなようにやってくれ」

安崎は吐き捨てるようにそっぽを向いた。宗像は憎悪をこめた目でおれを睨んだ。

「てめえの目玉くりぬいて、てめえに食わせてやる」そして残りの取り巻きたちに声をかけた。「おい、みんな部署に戻れ。戻ったら、治験のバイトたちに餌を食わせとけ。餌をちゃんとやらないから、女が逃げ出して、こんなことになるんだろ？」

宗像は床に這いつくばっている手下たちを忌々し気に眺め、安崎の方に向き直った。

「ところで安崎さんよ、いつになったら商売させてもらえるんだ？」

「ビジネスに辛抱は不可欠だ。辛抱できないからといって、欲求不満のはけ口を治験バイトたちに向けるな。面白半分にアップ動画が拡散したらどうなるか、わかってんだろうな」安崎は宗像に詰め寄った。

「そのへんはうまくやるさ」

「そうしろ」

「俺に指図するな。早く客人を連れていけ」

宗像は安崎を睨むと、踵《きびす》を返した。安崎は面白くなさそうな顔をおれに向けた。

「来いよ。お前のことはエージェント田中から聞いている。弟はどうなった？」

おれは大きく息を吸ってから答えた。

「天里陸佐から、弟が死亡したと聞かされた。直接確かめたわけじゃないが」

「そうか。搬送してくれた件については」安崎は銃を下ろし、頭を垂れた。「感謝している。弟は品種改良されたアンボイナ貝に刺された。通常のアンボイナ貝よりも強力な毒性を持つ貝だ。大きさもメガサイズだ」安崎は両手でラグビーボールの形を作ってみせた。「ところで一緒にいた女はどうした？」

「蒔田優香はアンボイナ貝のプールに落とされて死んだ」

彼女の恐怖と無念を思い、ふたとみ亭で食事をしながら見せてくれた愛娘の写真が浮かんだ。

ここは戦場なのだと、おれは自分に言い聞かせた。日本国内でありながら猟奇行為がまかり通る無法地帯。

「見せたいものがある。来いよ、菊崎」

「待ってくれ。蒔田優香の遺体を確認したい」

おれは安崎を呼び止めた。

彼はじっとおれを見た。

「お互い、辛いものだな」

建物の外は、穏やかな風が吹き、陽射しだけが眩しかった。山林の青葉のにおいがした。

2

おれはプールの隅から隅まで探した。

彼女の死体はどこにもなかった。突き落とした犯人たちの姿も見えない。

貝と小魚しかいないプールの底を凝視していると、何かおかしい……漠然とした疑問が脳裡《のうり》をよぎった。

「このプールには人がよく投げこまれるのか」おれは安崎に訊ねた。

安崎は首を振った。

「ここはアンボイナ貝の養殖施設だぞ。餌は小魚とかゴカイだ。人間みたいにでかいのを入れてみろ。人間が腐って、せっかく苦労して作った環境が台無しになる。ここのアンボイナは人間を刺して体液は吸うがね」

「水棲生物センター研究員の鈴木洋の身体にはアンボイナ貝が群がってた。見せしめに殺されたのか」おれは核心になる疑問をぶつけてみた。

「面白がってアンボイナ貝をけしかけるサイコがいる」

「誰に対しての見せしめだ？　動機はなんだ？　死体はどこに行った？」

「質問が多い」安崎は苦笑いした。「たしかに笹蛭で仲たがいが起きてるのは間違いない。宗像たちと俺たちは微妙なバランスで成り立ってる。あと死体を専門に処理するグループもある。ところであのクルマはお前のか？」

安崎はプール脇に止めてあった全地形対応車《ATV》に興味をもったらしい。

「それがどうした」

「いいクルマじゃないか。これで歩かなくてすむ。ちょいとドライブしよう」

「タクシーじゃねえよ」

おれは渋々安崎を助手席に乗せた。ハンドルを握りながら、おれは今まで収集してきた断片的な情報を安崎に開示してみることにした。安崎の反応を確かめたかったのだ。

「おれは田中に半ば脅され、あんたに協力しろと言われてる。だからといって、ハイそうですか、と安請け合いはしない。Ｔファイルを奪取することが目的らしいが、ファイルの内容までは教えてもらえなかった。ここでいったい何をやってるんだ？　コノトキシンを使った秘密の人体実験か」

「ガキの頃は教師に質問ばかりしてウザったがられたろ。答えを一つ教えてやるから、黙って運転してろ」安崎はＭ４カービンを点検しながらおれに指図した。「そこの道を左に曲がれ。山道に入る」

「人使い荒いな」

おれはシフトダウンしてアクセルを踏んだ。

鬱蒼としたブナの森が迫ってきて、でこぼこした砂利道に入った。陽光が木々に閉ざされるほど暗い林道だ。「どこへ行く？」問いかけた途端、おれは全身にチリチリする緊張感を覚えた。急ブレーキを踏んだ。どこからともなく危険が漂ってきた。

「おい、ヤバくないか」

「お前、腕はたしかだろうな。今度の相手は町のチンピラとは違うぞ。ＣＣＰだ」

「ＣＣＰ？　は？　なんだ、そりゃ」

いきなり安崎が叫んだ。「頭上！　行け、行け！　止まるな！　ＣＣＰだ！」

反射的におれも上を見た。

木の茂みから黒い物体が降ってきた。それが人間であることに気がつくのに一秒もかかってしまった。おれは猛全とアクセルを踏みこんだ。

ドスンと、車体のケツが沈むような震動が伝わる。おれはバックミラーに視線を走らせた。

ＡＴＶの後部シートに迷彩服の男がしゃがみこんでいた。顔面にも迷彩化粧を施した男は、ナイフを抜き、踊りかかってきた。

おれは左へ急ハンドルを切った。激しい遠心力で迷彩服を外へ放り出そうと考えたのだ。だが迷彩服はそれをはじめから計算していたのか、しっかり踏ん張っていた。すかさずハンドルを右へ切る。すぐに急ブレーキを踏み、ギアをローにぶちこみ、目一杯アクセルを踏む。迷彩服はバランスを崩しかけたが、けっして車外に落ちることはなかった。

安崎が激しく揺れる中で立ち上がった。Ｍ４カービンの銃身を剣の代わりにした接近戦になった。金属同士がぶつかる音が響く。おれは安崎のバックアップをするためにブレーキを踏んだ。すかさず安崎が車から飛び降りた。おれもボウイナイフを握った。

迷彩服男の動きは洗練され、スキがなかった。グリーンベレーにも匹敵しそうだ。おれもボウイナイフを左右に振りながら迷彩服との接近戦に備えた。安崎は縦横無尽に動き、応戦していた。だが、迷彩服の動きは予想以上に敏捷だった。M４の動きを難なく交わし、ナイフの切っ先が安崎の上衣を切り裂いた。切り裂かれた布の隙間から血の玉が溢れた。

「やりやがったな！」安崎が叫んだ。

「おい！　こっちだ！」

おれはボウイナイフをかざし、ＣＣＰとやらの注意をそらした。ＣＣＰは向きを変え、ナイフを右手から左手に持ち直し、ファイティングポーズをとった。ＣＣＰは顔に黒と茶色と暗緑色の擬装ドーランを塗りたくっており、眼だけがガラス玉のように光っていた。

おれのナイフとＣＣＰのナイフがぶつかり合った。相互の血と血が噴くような、耳障りな音が交わる。おれはバックステップを踏み、身体を左右に揺らし、相手の目の動きを追う。

刹那、おれの反応を上回るスピードでＣＣＰのナイフが一閃した。銀色の線がおれの胸のあたりを掠めた。鋭い灼けるような痛みが走った。おれは身を引きながら、ボウイナイフを握り直し、敵の攻撃に備えた。激しい金属音とともに紫色の火花が散った。凄まじい力でおれを押してくる。奴は完全無欠のソルジャーだ。

おれの視界の隅に、安崎がＭ４カービンの狙いをつけているのが映った。

よし、撃て！　おれは眼で合図した。

CCPはおれの眸の動きも読んでいたのか、すぐに横へジャンプした。同時に銃声。M4カービンの火箭が蛇の舌のように伸びたが、弾は外れた。安崎は態勢を整え直し、二発目、三発目を発砲する。

CCPはすでに藪の奥へ消えていた。

「伏せろ！」安崎が怒鳴る。

おれはATVの陰に隠れた。藪の奥から拳銃の発射音が轟いた。CCPが撃ち返してきたのだ。

ATVのボディに弾痕が刻まれていく。

安崎はM4をフルオート射撃に切り替えた。三十発入りの弾倉が瞬く間に空っぽになると、安崎は慣れた手つきで新しい弾倉を叩きこんだ。今度は慎重に森の奥を見ている。銃を構えながら言った。「CCPの仲間が反撃してきたらアウトだ。ここは退却しよう」

「わかった」おれはATVの運転席に戻った。エンジンは回転したままで、弾は貫通していない。おれは胸をなでおろした。ATVをUターンさせ、元の道を戻った。

3

付近には、廃村になる前の名残が点在していた。

壁の崩れた酒の蔵元、定期預金のポスターがそのままになっている郵便局、シャッターをおろした小さなスーパー。

ＡＴＶはノンストップで交差点を通過した。バックミラーに追っ手は映ってはいなかった。

「本当はどこへ行くつもりだった？」

安崎は苛立たし気に車のロールバーを掴みながら顔をこちらへ向けた。肩口に負った傷の出血はたいしたことはないらしい。すでに凝固しかけていた。

「鬼敷島《おにしきじま》だ。ＣＣＰの基地があるんだよ。事前に教えておいてやろうと思ってな。偵察のつもりだった。そこを待ち伏せされた。奴らは侮《あなど》れないぞ」

猿のように飛び降りてきた戦闘員に弱点はあるのだろうかと考えながら、安崎にたずねた。

「島？　こんな山ン中に島があるのか」

見渡す限り、山とブナ林に囲まれている。

「川の上流、ここから約三キロ先にカルデラ湖がある。笹蛭川の源流だ。湖といっても浮草が群生してる湿原沼だな。湖の真ん中に島があって、落葉松《からまつ》が角みたいに二本生えていて、鬼敷島と呼ばれてる」

安崎はその島が眼下に見下ろせる展望台まで連れて行くつもりだったらしい。ところが、おれたちの行動はＣＣＰに筒抜けだったというわけだ。

「おう、ここだ。止まってくれ」

安崎は手を上げた。

目の前に神社の鳥居が見えた。おれは思わずつぶやいた。

「ズクロモリモズはごめんだぜ」

嫌な記憶が蘇ったからだ。

おれは鳥居を囲んでいるケヤキを眺めた。ズクロモリモズの群れが枝に止まっている。

安崎が口元を歪めた。

「そう言うと思ったぜ。襲われないコツがある。あの鳥たちは人工的な音に敏感なんだよ。カメラのシャッター音とか銃の金属音とかな。自分たちが攻撃されていると認識するらしい。それとあいつらはカラスと同じで知能が高い。人間特有の敵意や好奇心にも警戒する。だから、ズクロモリモズとは目を合わせず、自然に歩く」

「自然に歩くか。なるほど」

おれと蒔田優香がなぜズクロモリモズに襲われたのか、ようやく理解できた。優香がズクロモリモズの群れをスマホで撮影したからだ。スマホ撮影は人間の好奇心そのものだ。画家の川杉愁香が唱えた「二十三夜様の赤い鳥」には先人たちの知恵がちゃんと伝承されていたのだ。南方の鳥であるズクロモリモズがなぜこんな山奥に棲息できるのかは謎だが、今はそんなことを気にしている場合ではなさそうだ。

「さてと。実は本殿の下はトンネルになってる。賽銭箱が入口だ」

「は？　賽銭箱が入口？　そりゃ珍しい」

境内の奥に緑青《ろくしょう》を吹いた本殿の屋根が見えた。

おれは鬱蒼とした木々を見上げた。数羽の赤い鳥が、梢から枝へと飛び移っていた。緑の葉群と赤いズクロモリモズのコントラストが鮮やかすぎて不気味だった。その割にはスズメのような可愛いさえずりを響かせている。なんとも不思議な光景だった。

我々はATVを降りて、石畳の参道を歩き、鳥居をくぐって境内に入った。あたり一面に白い花弁をつけた蕺《ドクダミ》が咲いていた。特有の薬臭が鼻をつく。

真正面に朽ちる寸前の社殿があり、棺《ひつぎ》のような賽銭箱が鎮座していた。

左手には苔むした手水場があった。石でできた手水桶に水が溜まっていた。

「これは、ズクロモリモズの水飲み場だ。喉が渇いても飲むんじゃねえぞ」

安崎が観光案内みたいに説明していると、本当に二羽が舞い降りてきた。黄色い嘴を水たまりに二、三回突っこむと、何事もなかったかのように飛んで行った。

「よし、今のうちだ」

安崎が先行した。

二頭の石の狛犬《こまいぬ》が目を剝いて、おれたちを見下ろしていた。とうの昔に役目を終えたはずなのに、妙な迫力がある。おれは気になって狛犬の目玉を覗きこんだ。

合点がいった。

目玉は監視カメラの役目をしている。しかし動作はしていないようだ。

安崎が忌々し気に言った。

「目ざとい奴だな。グズグズしてると鳥が襲ってくるぞ。賽銭箱は百キロあるんだ、手を貸せ」

「わかった」

おれは空を仰いだ。ズクロモリモズの数が増えた気がする。

おれも賽銭箱に手をかけると、力をこめた。

ず、ず、ず……

石臼で砂を挽くような音をたてて、賽銭箱がじりじりと動き出した。

やがて、かび臭い風が足元から吹きつけてきた。

さらに賽銭箱をずらすと、死の暗闇のような穴が出現した。

地下階段の入り口だった。裸電球が点き、周囲が褐色の灯りに包まれた。

「よし、行こう」

安崎はボディアーマーの肩口にM４自動小銃の銃床を当てた。

奈落の底へ吸いこまれるような階段が続いていた。闇の底から吹き上げる風は、死体の腐臭を含んでいた。

足元は脂《ラード》みたいに滑りやすく、コンクリの壁はべっとりと結露していた。天井も低い。おれたちは下へ下へと潜っていった。


死臭が強くなった。同時に薬品の強烈な臭気が鼻をついた。安崎は左手を上げ、制した。そこは広間のよう場所だった。

縦横三メートル、深さ一メートル程の浴槽のような物が三つならんでいた。

天井にホイストクレーンのレールが敷かれ、鉛色のバケットが吊られている。

「死体処理室だ。治験で死亡した人間を、濃硫酸タンク槽で溶かす。消臭剤に次亜塩素酸ナトリウムとオゾン水を使ってる。死体をバケットに入れ、ホイストクレーンで吊り下げる仕組みだ」

安崎の声は淡々としていた。

「鈴木洋はタンクの中で溶かされた。蒔田優香もこの中だろう。漬けこまれたからといって、泡みたいに消えるわけじゃない。少しずつ溶けていく。まだ女の一部が残ってるかもしれん。覗くか」

「いや」

おれは首をふった。突き上げてくる暗い怒りを制御しなければならなかった。

「この桶にはなあ、二十七個の人体が溶けている」

安崎が俯瞰《ふかん》したような言い方をした。

「二十七体も？　あんな狭い階段を使って下ろしたのか。信じられん」

「いや、まさかそんな悠長なことはしない。上を見な。天井に搬入用のバケットがあるんだ。それを吊り下ろして、タンク槽に落とす仕組みさ」

「とんでもない仕組みだな。そこまでして死体を始末する理由は何だ？」

おれは努めて冷静にたずねた。

「話せば長い。こっちへ」

安崎が先に歩き出した。通路はさらに奥へと続いていた。

「ここは？」おれは安崎の後ろをぴったりマークしながらに訊いた。

「大本営の地下壕基地の跡を再利用させてもらった」

「大本営？　太平洋戦争中の中枢機能の移転計画のことだな」

「そうだ」

「長野県の松代だけじゃなかったのか」

「いくつかの候補地があったんだよ。ブナの原生林に囲まれた笹蛭もその一つだった。もっとも完成する前に終戦になったから、そのまま放置された。コンクリート壁の坑道、武器庫、倉庫、執務室、宮内省の部屋とか当時のままだ。地下坑道が網の目状に広がってるが、そのほとんどが閉鎖されている。地上にも建物は残存していて、笹蛭が廃村になるまでは官舎として使われてた」

「鉱山と温泉で潤ってた時期もあったんだろ」

「昭和初期まで金が獲れたり、単純泉が湧いたりして羽振りのいい時代もあったみたいだが、太平洋戦争が始まってからはおかしくなったらしい」

「詳しいな」

「俺はここを仕切ってるんだ。それくらいのことは常識だよ」

薄暗く狭い坑道を五分ほど歩くと、白い光に照らされた畳八畳ほどの広間に出た。のっぺらなスチールデスクとパイプ椅子とがらんどうのスチール棚がある。天井の灯りは裸電球から青白い蛍光灯に代わっていた。飾り気のない殺風景な部屋だった。

向かって部屋の左側に大金庫室のような丸い扉があった。扉脇の壁に暗証コードボックスが設置されていた。

「これは？」おれは問うた。

安崎がにやりと笑う。

「チタニウム合金でできた武器庫だ。旧陸軍の武器庫を現代風にリフォームした。火器類は必要になれば渡す。ミネベアM9、豊和20式バヨネット、グロック17、DSA、M203ランチャー、C4。なんでもあるぜ。だけど、俺が本当に見せたいのは死体置き場でも武器庫でもねえ。今はこっちだ」

と、手招きする。

武器庫の反対側にも鉄扉があった。これも暗証コードボックス付きだ。安崎が暗証コードを入力すると、かちりと錠の解ける音がした。

ドアの向こうは昇り階段になっていた。階段の遥か上方に青空が見えた時は、正直ほっとした。外の光は眩しかった。おれは眼を細めて、光の供給を安定させた。

4

目の前に古めかしい建造物が並んでいた。壁は煤《すす》をかぶったように暗い色をしている。

「ここは、昭和十年頃の官舎と病院を転用した陸自の基地だ。廃墟みたいにぼろいが、内装は最新だ」

アンボイナ貝の研究設備とコノトキシン鎮痛薬の製造設備、治験者たちの病室、オペ室、厨房、浴室、寝室が完備しているのだという。

「じゃあ、さっきの学校は狂信者たちの寄宿舎か？」

おれは皮肉たっぷりに訊いた。

「寄宿舎ほどお上品じゃねえ。宗像たちのアジトだな。治験のアルバイトたちはそこで寝泊まりして、メシも学校の給食設備を使ってる。おれたちが治験に必要な人数を発注すると、宗像たちが必要な数を納品する仕組みになってる。仕入れた治験者たちが逃げないように監視するのも宗像たちの仕事だ。ビジネスとはそういうことさ。おわかり？　逃亡者は見せしめに拷問され、殺される。その様子をダークサイトにアップして、しっかりカネも稼いでる。俺たちもとりたてて奴らには干渉しないが、目に余ればさっきみたいに仲裁騒ぎになっちまう。今の世の中、どこでどうSNSに暴露されるかわからないからな」

「宗像のバックには誰がいるんだ？　あの男は暴力と身近の手下の扱いには長《た》けてるだろうが、ビジネス相手にするのは、御免こうむりたいね」おれは率直な感想を述べた。

「邪蛇連合会だ」

安崎はぼそりと答えた。邪蛇連合会は警察庁から指名された暴力団ではなく、半グレグループが組織化した反社会的勢力だ。ぼったくりガールズバー、振りこめ詐欺、自動車窃盗、違法ポルノ撮影、密漁、裏カジノ、ダークウェブの運営、風俗嬢を食い物にしたホストクラブなどをしのぎにしている。そういった連中が自衛隊に絡んでくるわけだから、一筋縄でいかないのはもっともと言えた。

闇はどこまでも深そうだった。

おれは頭を切り替えた。「鈴木洋が放置されたのは、需要と供給の関係を公表しようとしたからか」

「たぶん」

「鈴木洋はアンボイナ貝の研究者だろ。それなのに?」

「例外はない。裏切り者はみんな残忍な方法で粛清される」

安崎は平然と言ってのけた。

「まるでどこかの独裁国家だな」

おれはつぶやいた。

情報屋アカちゃんこと赤城伸夫が殺害されたのは、笹蛭のおぞましい実態をリークしたからだった。渡部巡査部長は、正攻法では捜査できないと判断して、東京の新宿へ向かった……おれは渡部の無事と成功を祈らずにはいられなかった。

5

二棟の建屋《たてや》が団地のように手前から奥の方へ並んでいる。いずれも二階建てだった。全ての窓に監獄のような格子が嵌まり、ブラインドがおろされていた。建屋の前に暗緑色の73式小型トラックや普通乗用車が止まっている。

安崎がいちばん手前の官舎の前で立ち止まった。

「ここだ」

玄関口に迷彩服の歩哨が立っていた。顔に擬装用ドーランを塗りたくっている。銃剣が装着された自動小銃を抱えていた。安崎をみとめるとすぐに姿勢を正し、敬礼した。二等陸曹の襟章を付けている。安崎は頷いただけだった。

玄関から先は廊下になっていて、野菜とゴマ油を炒めるようなにおいがこもっていた。どこかに隊員用の食堂があるのだろう。

「山ウドやタケノコが自生してるんだ。それを食材にする。きんぴらにすると旨いぞ。メシが何杯も食えてしまう。今の時間帯だと、炊事班が晩飯の支度をしてるんだろうな」

そう説明している時だけ、安崎は柔和な表情になった。

「入れ」

安崎の顔がまたきつくなった。

通されたのは、ブラインドで陽光を遮蔽された暗い部屋だった。灰色の壁に掲示物はなく、のっぺりとして寒々しい。

大きなテーブルを囲むようにパイプ椅子が六脚並んでいる。テーブルの上に笹蛭川流域の地図が置かれていた。

地図の中央を分断するように笹蛭川が北から南へ流れている。縮尺は一センチ当たり二百メートル。六キロメートル四方内の地形図に建造物、道路、橋、集落跡、田畑跡、田んぼ用の水路、果樹園跡、ブナの原生林などの位置が記されている。

アンボイナ貝のプールは地図のほぼ中央に位置していた。おれはエアボートの停泊場所を探した。プール前の道路を五十メートルほど東へ辿っていくと、笹蛭遊水池に着いた。ズクロモリモズが棲み処にしている笹蛭神社はプールから六百メートル南南西の方角にあった。現在おれたちがいる官舎は、神社境内の北側に隣接していた。官舎から学校へはブナの原生林を縦断する道路が伸びている。

「今、メンバーを呼ぶから座ってろ」

安崎は壁のインターフォンを外した。「ミーティングだ」

おれは背負っていたバックパックを下ろし、椅子に腰かけた。

ドアがノックされた。

髪の毛を短いポニーに束ね、化粧っけのない、それでいて肌が艶やかな女性隊員が敬礼して入室した。まだ二十歳そこそこだろう。おれの目線は彼女の腰に向く。シグ・ザウエルの自動式拳銃をホルスターにぶちこんでいる。そればかりでない。肩には陸上自衛隊の正式自動小銃ホーワM89式を背負っている。予備弾倉も携行していた。

女性隊員のあとに、顔中にドーランを塗りたくった泥人形のような隊員が続いた。彼に至っては、拳銃のほかに軍用ナイフも腰に吊っている。階級章は准尉だ。

さらにもう一人が続いた。自衛隊員ではなさそうだ。白衣をまとった三十代半ばくらいの男だった。黒縁眼鏡をかけている。

それぞれが用心深い鼠のようにテーブルを囲んだ。新参者のおれを警戒しているのかもしれない。

耳鳴りがするようなヒリヒリ感が室内に広がった。

おれは部屋にいる全員の細かい仕草をいちいち確認するように、ゆっくりと見回した。二人の隊員は排他的な目つきでおれを凝視し、対照的に眼鏡の男は落ち着きのない目をしていた。

安崎が着席を促した。「みんなを紹介しよう。まず白衣の先生はアルシア製薬の生命科学部開発主任の綿貫《わたぬき》啓介《けいすけ》氏。アンボイナ・コノトキシンの専門家だ。女性隊員は真野《まの》雪乃《ゆきの》陸士長。男の隊員は新田《にった》和樹《かずき》准尉だ」

新田和樹准尉と呼ばれた男は、おれに鋭い視線を浴びせた。何も言葉を発さない。飛び入り参加した輩は信用できないと顔に描いてある。

安崎がMCを担った。「菊崎、プロフをみんなに披露《ひろう》してくれ。みんな菊崎の経歴を知りたがってる。どこの馬の骨ともわからん奴とチームを組むのは不安だからな」

短い沈黙のあと、おれは口をひらいた。

「おれは阿賀野川流域のエアボート・パイロットで名前は菊崎鷹彦。昔、船橋《ふなばし》の第一空挺団にいた。北アフリカPKOに派兵されたあと退官して、フランスの外人部隊で五年訓練した。訓練終了後の配置先はジブチ。そこに半年いて、そのあとミャンマー北部のカチン州でKIAといっしょに物資運搬をやった。カチン州の山岳地帯は貧しい村が多くてね、ケシ栽培で生計を立ててる。国境付近の雲南省マフィアとKIAはケシのビジネスをしていて、その収益で武器を買うんだ。あるとき、政府軍とKIAとマフィアと三つ巴の戦闘が勃発した。おれはマフィアの頭目を射殺した。ところがそいつは、表向きの顔が中国の政治局員ときた。しかもおれはミャンマー国軍の将校も殺《や》ってたから、日本人テロリストとして手配されちまった」

おれが一息入れると、新田和樹准尉が口をはさんだ。

「日本のテレビや新聞には報道されなかったし、我々の情報網にも伝わりませんでしたよ」

「そりゃそうだ。カチン州は渡航危険度レベル3だからな。日本のマスコミも尻ごみしてしまうほどの危険地帯だ。南部のネピドーやヤンゴンには日本人もいたが、内政が不安定になってからは、ほとんどの日本人が帰国した。だから、おれも手は届くまいと高を括ってた。ところが、どっかのお節介が日本の公安調査庁に密告《タレ》こんだ。公安はおれを中国へ引き渡さない代わりに、今回のミッションの話を持ちこんできた」

「あなたが中国の政治局員を殺害した証拠はあるのですか？」新田はおおいに好奇心をそそられた様子だった。

「ない。あそこは紛争地帯だぞ。誰が死んで誰が殺したかではなく、どの武器がどのくらい殺したかの成果が問われる。誰かがおれをハメたがってるんだろう。エージェントの田中は、ミッションを遂行しなければ、おれが懇意にしてる家族がどうなるかわからないと脅しやがった。仮にも国家の安全にかかわる人間がだぞ。そんなバカなことが許されると思うか」おれは心なしか興奮していた。

「あなたが今ここにいるということは、ミッション遂行の意思があるということですよね。断る余地もないほど追い詰められていたと？」准尉は当然な質問を口にした。

「ああ」おれは苦い思いで答えた。梨乃と桃香はほんものの家族ではないが、心でも話せる存在だった。こんなおれでも、安らぎを感じることができるのだ。

「田中は親子を盾にとり、おれを収監すると脅しやがった」

「たしかに公安調査庁はロクな組織じゃないですから。何しろ戦前の特高警察のノウハウを引き継いでますからね。戦後のＧＨＱも特高には手を出さなかったと聞いてます。心中、お察しします」

「ありがとう」

おれは礼を言った。そのあと、おれは今までの経緯を要約して話した。「そういうわけで、おれはＴファイルとやらの奪取を命じられた。安崎一尉と合流しろと言われたから、ここへやって来た。そうしたら、蒔田優香が宗像の手下に殺された」

蒔田優香がアンボイナ貝のプールに落とされる瞬間が頭から離れなかった。一生、消えることはないだろう。彼女はいろんな準備をして笹蛭に臨んだが、あっけなく潰《つい》えてしまった。責任は、彼女をガードできなかったおれにもある。彼女を殺った犯人と首謀者は必ずおれの報復を受けることになる。おれはそんなことを考えながら、安崎が座り直すのを見ていた。

安崎はテーブルの上で両手の指を組んで穏やかな口調で始めた。

「宗像を含めて、邪蛇連合会は厄介な勢力だ。だが彼等のお陰で治験希望者が集まったし、人体強化実験も順調だった。そういう面ではもちつもたれつの関係にある。だがそうなったのには複雑な経緯がある。歴史は苦手か？」安崎はおれをのぞきこむような視線を向けた。

「退屈な授業は嫌だぜ」

「質問が多いくせに、退屈な授業は嫌か」安崎は苦笑した。


昭和五十年。

笹蛭村の廃村議案決定後、待ったをかけたのが当時の地権者、持丸菊之助であった。現モチベリ産業ＣＥＯの持丸敦也の父親である。

当時の菊之助は新潟県行政だけでなく、東京霞が関の人脈を駆使して笹蛭村リゾート化計画をたちあげた。

菊之助は笹蛭がいかに観光資源に恵まれているか、方々を説得してまわった。

大本営の地下基地跡、清冽《せいれつ》な笹蛭川湿地帯、温泉、戦前の金鉱跡、四季の美しい風景。そして最大の目玉が、猛毒魚介類のミュージアムだった。計画は順調に進捗《しんちょく》したかに見えた。しかし、財源的な理由により計画は頓挫《とんざ》してしまう。

すべてが宙に浮いたと思われた時、猛毒魚介類の展示施設を引き継いだのが、陸上自衛隊の鳥屋野潟駐屯地のバイオテロ研究即応部隊だった。神経毒の専門家、技術医官、自衛官、水棲生物センター研究員、民間製薬会社の技術者たちが葡萄の房のように集まった極秘の混成チームである。

そこでは三つの研究が秘密裏に進められた。

一つは、改良種アンボイナ貝を生物兵器として、島嶼《とうしょ》防衛に配置する計画。もう一つは、アンボイナ貝から抽出される神経毒コノトキシンの強力鎮静剤と抗毒解毒剤の開発である。臨床試験には、闇サイトを通じて応募してきた訳ありの人材を使った。

さらに並行してＣＣＰが実施された。ＣＣＰは、Cyborg Command Projectと表記される。強化特殊部隊の育成プロジェクトだという。

有事の際、前線に立つのは自衛隊員とはいえ、生身の人間である。精巧な武器とボディアーマーで身を守っても致死傷率は高い。戦闘が長引けば補給も断たれ、兵員の数も少なくなっていく。

徴兵制度のない日本では、兵の補充はせいぜい予備役招集が関の山だ。志願兵を募ってもおそらく集まらないし、反戦ムードは高まっていくに違いない。日本が滅亡の脅威に晒されたとしても、民主主義的対話を叫び続ける姿勢は変わらないだろう。しかし、日本の防衛人員は確実に先細りしていく。ならどうするか。現状の隊員たちをさらに強化する。それがCyborg Command Projectだった。目的は負傷時の早期復帰、人体強化改造である。プロジェクトが始まると、改造された隊員たちも「ＣＣＰ」と呼ばれるようになった。

初期段階の訓練はブナ林の奥地で行われた。火薬量の少ない実弾を使用した人体標的訓練である。もちろん被弾しないことが前提だが、実弾を使用している以上、負傷者も出る。応急処置の止血訓練は当然ながら、その後の治療法が重要だった。アンボイナ貝から抽出精製された鎮静剤を投与し、回復力を精査する人体実験へ移行するのである。その実験は日毎に苛烈さを増していった。

訓練で使用される火薬量は次第に増え、本格的な実戦に近づいていった。負傷し、四肢を欠損する隊員も増えたが、彼らに対する人工骨格移植手術もプロジェクトに組みこまれていった。

当然ながら、ＣＣＰのあり方を疑問視する声も出てきた。しかし、自衛隊は絶対的な階級社会であるから、不穏な声は黙殺され、抗議の主導者は訓練の名のもとに粛清されていった。

「その見せしめが、かえって裏目に出た。とうとうＣＣＰが鬼敷島で立てこもった」

安崎は、机上の地図の北部に広がる湖を指先で差した。

「当然だろ。そんな狂った実験なんかできるわけがない」

おれは目をしばたたいた。

「ＣＣＰたちは、自分たちは機械ではなく生きた人間だと主張した。自衛隊では上官の命令は絶対だ。玉砕しろと命令されたら玉砕するのが任務だ。それが規律だ。だが、彼らはそれを破った。人工外骨格の装着、人工内臓移植は、人間の尊厳を踏みにじるものであると主張した。彼等は武装蜂起し、一般の研究員たちを人質にして、鬼敷島の研究施設を占拠したのだ。ここだ！」

安崎は楕円形の島を指先でぐるりと囲った。片仮名でオニシキと記入されている。さらに島の中央部に四角い建物のイラストが描かれていた。湖の周囲は「ブナ原生林」と記され、森のイラストも描かれてあった。

「そこで、極秘で人質奪還作戦が行使されることになった。命令を下したのは鳥屋野潟駐屯地司令の天里陸佐、現場の指揮は俺が取った」安崎は淡々と続けた。

意外すぎておれは驚いた。

「児童ポルノの撮影現場にいたお前が隊長とはな」

安崎は目を剥いた。

「あんなものに興味はない。俺があそこにいたのは、持丸とビジネスの話があったからだ」

「またビジネスか。便利な言葉だな」

「持丸はビジネスの余興に、面白いショーとザリガニ料理を用意すると言っていた。俺はAV撮影とは関係ない。あそこで捕まると、余計な疑いをかけられちまうから、逃げた」

「なるほどね。そういうことにしといてやるよ。で、人質奪還作戦は成功したのか」

「失敗した」安崎は渋い顔で応じた。

当初、実戦訓練と称して鳥屋野潟駐屯地から小隊が送りこまれるはずだった。しかし、機密漏洩を恐れた天里陸佐は、小隊の送りこみを撤回、現地の隊員たちに突入命令を下したのである。

炊事班、医療班などの一部を除き、総勢十八名が鬼敷島に突入した。対峙するCCPは十名、人質は六名。

戦闘は熾烈を極め、作戦は失敗に終わった。CCP二名を射殺したものの、安崎チームは十名が命を落とし、三名が負傷した。安崎チームの生存者は五名のみだった。負傷者は自衛隊関連の病院へ搬送されたが、現在も情報漏洩の観点から隔離入院中だという。

CCPが相手とはいえ、陸自同士の戦闘が行われたことが公になれば天変地異の大騒ぎになる。

「幸いなことに人質は全員無事だったが、今もなお島内に軟禁状態だ。動けるのはここにいるメンバーだけだ。お前を含めてな」

安崎の表情は暗い。

おれは呆れていた。

「ははん、そういうことか。わかったぞ。死体が腐り始めるとな、どこからともなく蝿が飛んでくる。蛆《うじ》が湧く。宗像のようなダークエンパスは、こういった事案に凄く敏感なんだ。どんなに隠しても隠しきれるもんじゃない。自衛隊が反社会的勢力につけこまれて、脅されてるってわけだ。こりゃ、世界中の笑いモノだ。にもかかわらず、まだゴタゴタを続けるつもりなんだな。いずれみんな死ぬぞ」

安崎は墓から這い上がった屍のようにおれを見つめた。

「天里陸佐は俺たちを使い捨てだと思っている。だからお前のようなスキルのある人間を使う。エージェント田中が望みのTファイルは鬼敷島にあるはずだ。宗像たちはコノトキシンから生成される副産物を欲しがっている。スキをみせればあいつらは必ず襲ってくるだろう。宗像は異世界の魔王みたいな恰好をしているが、本当は切れ者だと思う」

「同感だ」

「宗像たちはコノトキシンから副次的に生成されるビッグファイトという薬物を欲しがってる。覚醒剤よりも習慣性が少なく、尿検査しても反応が出にくくて、しかも儲かるらしい。宗像の組織がビッグファイトを卸し、ビッグファイトの販売網を一手に引き受けるのが持丸だ」

「持丸とビジネスの話ってのは、そのことだったのか」おれは訊いた。

「そうだ。穏便にナシをつけようとしたところに、お前らが踏みこんできたのだ」

「なるほどね。あんたが逃げた理由がやっとわかったよ」

おれには笹蛭の構図が見えてきた。

自衛隊とＣＣＰと反社会的勢力。主導権は宗像と持丸が握っている。自衛隊は銃器類で反社会的勢力の暴走を抑止している。コノトキシン生成の研究施設を掌握しているのがＣＣＰ。しかも人質を盾にしている。

そこへ、公安エージェントの田中が現れ、Ｔファイルの奪取ミッションか。

おれは攪拌《かくはん》されるミキサーみたいな気分になってきた。

安崎はアルシア製薬の研究主任に顔を向けた。

「綿貫さん、ここで飼育しているアンボイナ貝について説明してくれ。専門的なことはあなたの方がいい」

綿貫は眼鏡を拭きながら立ち上がった。少し咳きこみ、深呼吸をしてから講釈を始めた。

「一般のアンボイナ貝一個から抽出できるコノトキシン量は、わずか三マイクロリットルですが、ここでつくられた改良品種型は、体長三十センチ重量二百グラムあり、体内に蓄積されたコノトキシンはおよそ十グラムあります。食欲旺盛で、動いている魚介類を見境なく襲います。釘のように頑丈な銛型の口吻を獲物に刺しこみ、コノトキシンを注入し、麻痺して動かなくなると掃除機のように体液を吸い取ります。人間に対しても例外ではありません。無人の島嶼防衛用に開発されたのです。我々はジャンボアンボイナと名付けました」

「パニックホラー映画みたいだな」

大型アンボイナ貝を海岸にばらまき、敵兵を食い止める作戦だろうか。しかし、たかが貝である。そんなにバカでかい貝では、目立って仕方あるまい。

おれがそう指摘すると、綿貫は真剣に反論した。

「このジャンボアンボイナは砂地の奥深くに穴を掘り、地雷のように動きません。生物なので地雷探知機もスルーし、冷たい砂地に潜っているため、暗視装置にも引っかからないのです。さらに釘のように固い口吻を潜望鏡のように伸ばし、兵士の靴底から刺しこみます。さらに」

「さらに？」

「淡水でも棲息できるように改良しました。山間部の地中でも砂漠のように乾燥しない限り生き続けます。餌は野生動物、蚯蚓《みみず》や昆虫です」

「よくやるよ」

おれはきつい皮肉をこめて言った。綿貫は困ったような表情を浮かべた。

「もちろん、対処方も考えてあります」

それがおれを納得させることができないと感じたのか、綿貫は怯えたような目線を安崎に向けた。

　安崎が頷いた。

「菊崎。これからTファイルに関することを話す」

「うん？」

「アンボイナ貝にも天敵はいる。タガヤサンミナシ貝だ。ジャンボアンボイナがヒト食性だとすると、タガヤサンミナシ貝は貝食性で、アンボイナを食っちまう」

「貝を食う貝なんて種がいるのか」

「そうだ。アンボイナ貝の毒は、タガヤサンミナシ貝に作用しないことがわかっている。Tファイルにはタガヤサンミナシ貝の養殖マニュアル、ジャンボアンボイナの養殖マニュアル、それと中和抗体解毒剤の化学式構造図、コノトキシン鎮痛薬の化学式構造図、それとビッグファイトの精製方法が網羅《もうら》されている」

「養殖マニュアルはともかく、中和抗体解毒剤とコノトキシン鎮痛薬、副産物麻薬のビッグファイトはおおいに価値がありそうだな」

「問題は、CCPがTファイルを掌握していることだ。人質もとってる。俺たちの任務はTファイルと人質の奪還だ」

「だからおれみたいな男を使うわけだ。正規の兵隊や警察を使うわけにゃいかないからな。やっと理由がわかったよ」おれは不機嫌をあらわにして、みんなを眺めた。

みんなはしばし黙り続けた。

新田准尉が沈黙を破った。

「私が説明します。まずはこちらの地図の笹蛭湖の鬼敷島をご覧ください」

おれは立ち上がって小さな島の地形図をじっくりと覗きこんだ。島の中央部に建物のイラストが描かれ、さらに島の周囲には泡粒のようなイラストがびっしり描きこまれていた。湖面のさざ波ではなさそうだ。

「泡粒状の絵はジャンボアンボイナ貝の棲息域を表しています。平均水深は三メートル、水温は二十四度。山岳地帯の地下温泉が湧いているので温度が高めなのです。泉質は単純泉です。カルデラなんですよ。アンボイナ貝の数はおよそ五千個。潜水と泳ぎで近づくのは自殺行為です。表記は笹蛭湖になっていますが、実際は水草がたくさん自生してる湿地帯です。モーターボートでは藻がスクリューに絡みつきます。かといって、手漕ぎボートでもオールに藻が絡み、進みづらいでしょう。もたもたしている間に銃撃の標的になります」

新田准尉は、おれが頼んでもいないのに作戦案を述べていた。おれは苦笑しながら提案してみた。

「こっちの陸路は？」

おれは校舎の裏側から山伝いに伸びる九十九折《つづら》の道路を指先で辿った。渓谷を渡る橋がある×マークが記されている。新田准尉は首を横にふった。

「そこは高さ三十メートルの渓谷橋梁ですが、ＣＣＰの守備隊のＭ２重機関銃が睨みを利かせています。強行突破は困難かと」

×マークの先を辿っていくと、平べったい建物のイラストにぶつかった。「この建物は？」

「ロープウェイ乗り場のプラットホームです。島へのアクセス手段としてゴンドラを使っています。リゾート計画時の名残でもありますけど」

「鬼敷島に籠城してるＣＣＰの人数と兵力は？　それと人質の人数」おれは質問を変えた。

「八名。ＭＩＮＩＭＩ機銃が二、２０２グレネードランチャーが二、豊和89式とシグ・ザウエル拳銃が八ずつ。あと全員が熱感知暗視できる網膜レンズを装着しています。人質はアルシア製薬の社員が四人、治験者が四人です」

敵の武器の数量を諳《そら》んじているのは、武器弾薬の在庫管理に厳しい規律があるからだろう。総数から自分たちの数量を引き算すればいいだけだ。

「人質は監禁されてるのか」

「いえ、軟禁状態のようです」

「彼等の補給線は？　籠城してるんだろ、誰が物資の補給をしてる？」

おれは質問を重ねた。准尉は地図のある一点を指でさした。

「補給もロープウェイを使っています」

簡素な鉄製の無蓋の箱《ゴンドラ》を吊り下げて島と行き来しているのだという。

「人質がいるため、彼等の安全のために食糧と水はこちら側が提供しています。その時だけは停戦状態になります。彼等も人道的支援には寛大です。救援物資に紛れて突入するのはどうでしょうか」

おれは賛同しなかった。

「肝心なのはTファイルが島のどこにあるかだ。それと人質の居場所」

こちらの戦闘員はおれを含めて数名。相手はCCP八名。おれはCCPの一人と対峙しているが、かなり手強《てごわ》い。あの男と同等クラスのCCPが八人もいるとなれば、犠牲者が間違いなく出る。

「CCPは普段は何をやってすごしてる？　人質交渉はやった？」

「人質の解放条件は、CCPへの不干渉と安全だそうです」

無理難題の解放条件ではなさそうだが、そういう次元を超えているとおれは思った。国民に公にできない事案が足枷《あしかせ》になって、彼らは身動きできないのだ。膠着状態。我慢比べをしているのかもしれない。

おれは気分を変えたくなった。

椅子から立ち上がり、壁際へ寄った。ブラインドの隙間から空を見た。未来を暗示するかのような黒い雷雲が広がり始めていた。紫色の稲光が空を染め、雷鳴も轟いた。

「笹蛭は天候が変わりやすいな。驟雨《しゅうう》に紛れて突入しよう。おれがエアボートを出して囮になる。ガンナーを一名つけてくれ。残りの二人は湖の東側を迂回《うかい》して、ロープウェイ乗り場を奇襲する」おれは地図の等高線に間隔に目を置いた。「ロープウェイ乗り場には、ＣＣＰが常駐してるのか」

「鉄塔のてっぺんに二人いて、そこから湖と道路を見張ってる」

安崎が答えた。

「みんな、ここの等高線の間隔を見てくれ。鉄塔から北東へ二百メートルあたりが丘になっている」みんな一斉に頷いた。「ここからＣＣＰを狙撃する。狙撃経験者は？」

おれはみんなを見回した。安崎が名乗りをあげた。

「任せろ。バレットＭ82を使う。ＣＣＰを粉砕してやる。やられた仲間の仇討だ」

「パレットか」おれは思わず感嘆の声を洩らした。パレットＭ82は重量十三キログラムの大口径狙撃銃で、使いこなすには相当の技量を要する。

新田准尉が挙手した。

「安崎一尉のバックアップは、自分がやります。藪に隠れながらロープウェイ乗り場に接近し、制圧します」

「よし、新田頼む」安崎が声をかけた。「エアボートのガンナーは真野雪乃陸士長がやれ。お前が菊崎をバックアップするんだ」

ポニーテールの女性陸士長はブーツの踵をかちんと鳴らし、敬礼した。

「はい、自分がバックアップします！」

おれと陸士長は視線を交わした。おれはエアボートの特徴をざっと説明してやった。

「とにかくエンジン音がうるさいから防音ヘッドホンをする。走行中の会話はできない。長所はスクリューがないから水草に邪魔されることもないし、浅瀬走行、砂地走行も可能だ。出力が大きいから丸太くらいの障害物も乗り越えられる。ＭＩＮＩＭＩ機銃のスペースもある。エアボートは派手だから陽動作戦にはもってこいだ」

「みすみすＣＰの標的になるのですか」

真野雪乃陸士長は不安そうだった。

「エアボートのもう一つの特徴は俊敏な機動力にある。直角に曲がれるし、百八十度ターンもできる。時速五十キロの標的を当てるのは難しいぞ」


にわかに、部屋の外が騒がしくなった。

室内が緊迫した。真野雪乃陸士長は腰の拳銃に手を伸ばし、安崎はＭ４カービンを構えた、男の荒々しい声と女の助けを乞う甲高い声が入り交じり、ドアが乱暴に開いて、男女がもつれあうようになだれこんできた。男は入口にいた歩哨だった。

「申し訳ありません！　女がどうしても一尉に会わせろと」

歩哨は釈明する。

「お願いです！　助けてください！」

髪の毛をシルバーピンクに染めた二十歳くらいのほっそりした娘が叫んだ。履いている黒の作業ズボンは破れ、デニムのシャツはいたるところに泥と血液が付着していた。手に小さなナイフを握りしめてぶるぶる震えている。顔は土のような色をしている。

「あ、ミユちゃん！」真野陸士長が娘を抱き寄せた。「ねえ、落ち着いて。何があったの？　ナイフをちょうだい、危ないでしょ」

ミユと呼ばれた娘は煩《うるさ》げに真野の手をはねのけた。その拍子にナイフが落ちた。すかさず真野はナイフを蹴飛ばした。安崎がそのナイフを踏みつける。

「湖のアンボイナ貝が島に上陸して、大変なことになってるの！」

娘が叫んだ。

「こっちへ来い！」歩哨が娘の腕をつかんだ。

「河合《かわい》二曹、持ち場に戻れ」安崎が発令すると、歩哨は心外そうな顔になったが、すぐに復誦し、命令に従った。

「ジャンボアンボイナ貝に襲われたのよ。どうにかして！」

彼女は泣いていた。

「とにかく落ち着いて」

真野がなだめている。

「だっ、だからさああ、島の人たちがアンボイナに囲まれて、身動きできないのよ！　あたしも刺されちゃった！　ねえ、あたし死ぬの？　ねえ、ねえ……」

「ミユちゃん、状況を教えて」

真野雪乃は彼女の背中を撫でながら椅子に座らせた。

「施設ン中、めちゃめちゃ。ＣＣＰもみんなやられた。寒い、寒いよお」

ミユはあきらかに怯え、震えていた。

「無線で救援要請できなかったの？」

「そんなの知らないよ！　どさくさに紛れてゴンドラで逃げ出してきたんだ。そしたらさあ、ゴンドラのボックスん中にアンボイナ貝がいるの、気がつかなくて。足首刺されたよ、貝の管ごと皮膚といっしょにナイフで切り取ちゃった。ねえ、痛いよ。どうなってる？　怖くて見れない」

「ゴンドラ乗り場にＣＣＰが見張ってたでしょ。よく逃げられたね」

「それがさ、あたしを逃がす代わりに、助けを呼べって言われた。それでここへ」

「じゃ、あなたゴンドラ乗り場から山道を走ってきたの？」

「ええ、そうよ。お願い、助けて」

「三キロの道のり、よく頑張ったね！　でももう大丈夫だから」

「うん……」

　ミユの身体が突然痙攣した。口から血の泡を吐き、気管支喘息のように激しく咳きこんだ。血の玉が床に散った。大きく口を開けて空気を吸いこもうとしている。「く、くるしい、息が、いき……」

　喉を掻きむしった。爪の線で喉の皮膚は真っ赤に腫れあがった。

「経鼻エアウェイだ！」おれは思わず叫んだ。「ここに緊急用医療キットはないのか！」

　エアウェイとは肺への気道を確保するための医療器具の一つだ。

「今、ＡＥＤを持ってきます！」

　技術主任の綿貫啓介が弾かれたように立ち上がった。

　真野陸士長も叫んだ。

「医官を呼んで！　それと心電図モニタと解毒剤アンプルを！」

彼女はミユの胸元をはだけて胸骨圧迫を始めた。

安崎が真野の横で無線機に呼びかけた。

「こちら朝日のア。CCP応答しろ。繰り返す、朝日のアより、サイボーグ・コマンドへ。何があった？　答えろ！」

少しの間があり、雑音に混ざって緊迫した音声が飛びこんできた。

――こちらCCP。休戦提案。緊急事態だ！

「休戦？　本気か」

安崎があっけにとられたような顔でおれを見る。「聞こえたか。休戦だとよ。信じられん」

――ジャンボアンボイナ貝が襲ってきた。何千って数だ！　湖の岸から這ってくる。人間のにおいを嗅ぎつけてるんだ！　研究員が刺されて死亡した！　CCPも三人がやられた！

パニック状態のようだ。だが、おれは訝った。十人を超える陸自隊員を殺傷した戦闘員の救助要請とは思えなかったからだ。

「銃と手榴弾で追っ払え。以上」

安崎はそっけなく無線を切ろうとした。

――待て。頼む。救助、乞う。

「くさい芝居はやめろ」

安崎は無線機を見つめた。

──芝居じゃない。大群が地上を這って向かってくる。凄い数だ。なんで、こうなった？　おまけに、蟹みたいな早足だ！　弾がもたない。

短い沈黙があった。

「撤収しろ！」安崎がついに声を張り上げた。「今すぐ、島から脱出しろ！」

──了解！　だけど無理だ！　ボートは使えない！　救助を頼む！　わああ！

おれは耳を澄ませ、あらゆる音源をインプットしようとした。

無線機から聞こえたのは、ただならぬ悲鳴と怒号の交錯だった。銃声もする。

「島から脱出しろ！」

安崎はふたたび怒鳴ったが応答はなかった。

「島がやられたみたいだ。作戦変更。あいつらは敵とはいえ、救助を求めてる。お陰で、Ｔファイルが容易に手に入るかもしれん」

安崎は火事場泥棒みたいなことを言って、にやりと笑った。

「罠だとは思わないか」

おれは最悪の可能性を口にした。どんなに悲惨でむごい状況下でも、その土の下に爆弾が埋まっていることもあるのだ。

「そうだな。その可能性もあるから、武装はした方がいいだろうな」

安崎も同意した。

ストレッチャーを押す綿貫とAEDを抱えた女性看護官、そしてカーキ色の制服姿の医官が入ってきた。医官は四十すぎくらいの体形のがっちりした男だ。

医官はミユの容態を一目みるなり瞳孔をチェックした。脈を取る。綿貫がAEDを作動させた。女性看護官は経鼻エアウェイを鼻孔から挿入した。そのあとすぐに心電図モニタを装着していく。真野雪乃は、薬剤が充填された注射器をミユの左腕に刺した。

担架に移せ。医官が指示を出す。

いち、に、さん！

掛け声とともにミユはストレッチャーに乗せられ、搬送されていった。

「五分後に出発だ」安崎が腕時計を見ながら号令をかけた。「新田准尉とは俺は陸路でロープウェイ乗り場まで向かう。そこからゴンドラで島へ渡り救出に入る。佐藤《さとう》、一緒に来てくれ」

「は！」ミユに注射をしていた女性看護官がよくとおる声で返事をした。

「菊崎と真野陸士長は、エアボートで島へ向かってくれ。上陸後、Tファイルを探し、回収せよ。回収後はエアボートでこちらへ戻れ。真野陸士長！」

「はっ！」真野はぴんと背筋を伸ばした。

「菊崎に銃を貸与したのち、ただちに出発！」

「しかし、菊崎さんは自衛官ではありません。銃の携行は規則違反になりますが」

「今は非常事態である！　なんら問題ない」

「わかりました！」

二人のやり取りを見ていたおれは苦笑した。真剣なのだろうが、掛け合い漫才みたいだ。

第七章　鬼敷島

1

　真野陸士長が武器庫のチタニウム合金扉のキーボックスの蓋をあけ、暗証コードを打ちこむ後ろ姿を眺めていると、殺し合いの光景がフラッシュバックして少しばかり憂鬱になった。日本へ帰国したのはリフレッシュするためだったが、おれの安息は遠のくばかりだ。

　チタニウム合金の扉が開いた。

　壁面の棚に保管された数十丁の銃器類がおれの視界に飛びこんだ。自動小銃、短機関銃、自動式拳銃、擲弾筒《てきだんとう》、脚座式軽機関銃、ピラミッド状に積まれた弾薬箱。多種多様の火器類が見本市のように陳列されている。闘争本能をあおる眺めだ。おれは舌先で唇を舐めた。

　おれは、お馴染のＤＳＡ自動小銃を手に取った。軽量にして扱いやすく、砂漠や湿地帯の戦闘に適している。ミャンマーではおれもこれを使っていたが、陸自の装備に揃っているとは珍しいなと思いながら、7・62ミリ弾が三百発収納された弾倉帯を上半身に巻きつけていく。久々のずっしりした重量感だ。次はシグ・ザウエル拳銃を選んだ。十二発入りマガジンをグリップに叩きこみ、遊底をスライドさせ薬室に装填する。小気味よい金属音が耳をくすぐった。ガンベルトを腰に巻きつけ、ホルスターにシグ・ザウエルをぶちこんだ。さらにベースボール型の手榴弾を二個胸に吊る。

真野雪乃が咎めるような目つきでおれを見ている。「扱いに慣れているんですね。だからといって、あなたがリーダーシップを取れるわけじゃありませんよ。ここでは私の指揮下に入ってもらいます。そうしないと規律が乱れますから」おれが黙っていると、たたみかけるように続けた。「よくいるんですよ、ハワイとかグアムの射撃場でちょっと撃ってきただけなのに、百戦錬磨みたいな態度する人。ゲームと実戦を混同してるんです。あなたはミャンマーですから、そんなことはないと思いますけど」

「済んだぞ。行こう」

おれが反論しないので彼女は面白くなさそうだった。彼女を相手にするのは、事態が収拾してからでいい。おれたちは官舎へ戻った。

官舎の玄関前に、枝葉などでカムフラージュされた四輪バギー戦闘車両とＡＴＶ車両が並んでいた。ATVは神社の境内の入口に置いたままになっていたはずだが、なぜここに並んでいるのだろうと訝っていると、四輪バギーの助手席に座っていた安崎が声をあげた。「お前のマイカーは、俺が運んでおいてやったよ」

「そりゃどうも」

死体置き場のトンネルのほかにも、神社から官舎までの道路があるのだろう。

新田准尉が四輪バギーのハンドルを握り、助手席に安崎が座り、後部座席には赤十字のマークをつけた佐藤看護官がすでに準備を終えて待機していた。

真野雪乃が佐藤看護官に駆け寄った。ミユの容態を訊ねている声が聞こえた。看護官の重い声。雪乃はがっくりと肩を落とした。

安崎は佐藤看護官と真野のやり取りを十秒ほどで終わりにさせた。「出せ」

四輪バギーは腸《はらわた》に響くようなエンジン音をまきちらしながら出発した。

おれもATVに乗りこみ、エンジンを回した。

「陸士長、乗れよ」

おれはエアボートのウインチとクレーンを使ってATVを積みこんだ。

雪乃は吹っ切れたようなさばさばした表情で腰に手を当て、おれの積みこみ作業を興味深そうに見ている。

「友達は残念だったな」積みこみを終えたおれは武器の点検をしながら話しかけた。

彼女はそれには答えず、「急ぎましょう。ただしこれからの指揮は私が取るので、そのつもりでいてください。笹蛭には、あなたの知らないことがたくさんあるはずですから、勝手な真似は慎んでくださいね」真面目くさった声で忠告してきた。

「仰《おお》せのとおりに」

おれは苦笑いした。

「ふざけないで！」彼女はぴしりときめつけた。「用意できたら出発！」

「もうできてるよ、陸士長。振り落とされないようにシートベルトしてくれ」

陸士長が何か怒鳴るのとエアボートのエンジン音が同時だった。

おれはちょっと考えてから地形図ナビゲーションを立ち上げた。

五頭山系から阿賀野川流域にかけてフォーカスし、さらに絞りこんでいく。笹蛭の地名が出てこない。倍率をあげてみる。笹蛭川沿いの道路と橋が出てきた。橋は二つあった。途中で川は分岐し、扇状地を挟んで湖に繋がっていた。そのあたり一帯が「笹蛭湿原」と明記されていた。湖の真ん中に鬼敷島がある。周囲の山から湿地帯に流れこむ川が無数にあった。おれはナビゲーションシステムを閉じ、ボートを発進させた。ボートは陸地から川面へ滑りこんだ。水しぶきが跳ねる。

笹蛭川は湾曲しながら山の狭間へと続いていた。

まもなくして、一番目の橋が目に入った。

円柱状のコンクリート製の橋脚に支えられた頑丈そうな鉄橋だった。かつては幹線道路だったのだろう。橋の下はコンクリートパネルの土手になっている。緊急時の避難場所にはあんばいがいいかもしれない。おれは記憶にとどめた。

二つの目の橋は、崩落寸前の吊り橋だった。切れそうなロープが辛うじて欄干を支えている。吊り橋を見上げると、いたるところに穴があり、その穴から黄色い空が見える。

そこから百メートルほど進むと、川は分岐していた。

陸士長が大きな動作で左へ行けと合図した。

おれは時速二十キロを維持しながら左側へ進んだ。

やがて視界がいっきに開けた。

広大な湿原地帯だ。よどんだ水面に浮草が大量に漂っている。

湿原の真ん中あたりにごつごつした島がある。二本の落葉松が鬼の角《つの》のようにそびえていた。落葉松の横に鉄塔と建物が並んでいる。鉄塔からロープウェイ用のケーブルが対岸まで伸びているようだ。

おれはボートを止め、双眼鏡で島の状況を観察した。

簡素な桟橋がある。桟橋に船舶は係留されていない。双眼鏡を上方へ向けると、プレハブ建築が映った。プレハブに窓はあったが、そこに人影は認められなかった。

おれはエンジンを回し、島に接近した。ボートを操縦しながら水面へも目を配った。ソーダ水のような細かい泡が無数に浮いている。浮いては消え浮いては消えていく。船底から砂礫のこすれるような音が響いた。水中をのぞきこむと、灰色に濁っている。不意にぱしゃんと水が鳴り、飛沫がボートに飛びこんだ。ちゃ。ちゃ。ちゃ。ちゃ。水飛沫が散った。何か起こる予兆だ。

視線を転じると、岸の方角から薄茶色に変色したウキヤガラ（カヤツリグサ科の水棲植物）が流れてくるところだった。それもひとかたまりの水草ではなく、湖面一帯が埋め尽くされるほどの量がゆっくりと押し寄せてきた。

だがエアボートの行く手を阻むまでには至らない。エアボートの船底は平べったい構造になっているため、そのまま乗り越えられる。

またぱしゃんと水飛沫が散った。同時に茶色い針のような物体が水面下からミサイルのように飛び出した。それは弧を描きながら、おれの足元に落下した。

「うわあ！」

おれは思わず飛びのいた。それはラグビーボール状のでっかいアンボイナ貝だった。そいつは砂利を舐めるような音をたてて甲板の上を素早く移動した。まるで足が生えているみたいだった。そいつは狩りをするかのように、おれのブーツに吸い付いた。注射針にそっくりな矢舌が、硬い軍靴の刺す位置を探し始めた。

り払おうとした。

「糞が！」

おれはブーツの先端にへばりついたアンボイナ貝を、ボールを蹴るみたいにしてふり払おうとした。

だが、だめなのだ。溶接されたように剝がれない。

おれは腰のボウイナイフを抜いて剝がしにかかった。ナイフを突きたてる。おれは愕然とした。人間の骨をも砕く鋼《はがね》が跳ね返されたのだ。ミシッとブーツが軋む音がはっきりと聞こえた。とたん、鋭い痛みをつま先に感じた。

真野雪乃がシグ・ザウエル9ミリを抜き、アンボイナ貝に向けて二発撃った。おれの足元の甲殻が砕け、内臓が散らばった。おれはたまげた。この女は何の警告もなしに発砲したのだ。おれはナイフを仕舞いながら訊いた。

「マジか。おれの足に命中したらどうするつもりだ？」

彼女は眉をひそめた。「でっかいアンボイナにナイフは無理よ。これが一番」

「参考にしよう」

「今度襲ってきたらバーベキューの材料にどうぞ」

彼女は険しい形相で毒づいた。

眼前で水しぶきが噴水のように上がり、またアンボイナ貝が降ってきた。ゴロンと転がり、今度は真野雪乃へ接近した。彼女が拳銃の照準を合わせるよりも、アンボイナ貝の舟蟲《ふなむし》のような素早さが勝った。銛状になった毒歯がするする伸びて、固い軍靴ではなく、やわらかい繊維で覆われたふくらはぎのあたりへ吸いこまれた。真野雪乃は悲鳴をあげた。おれはボウイナイフを振り上げ、銛状の管を切断した。

「ナイフも捨てたもんじゃない」

おれたちは数千個のアンボイナ貝の大群の真上にいたのだ。次々と気泡を噴き上げている。

おれは鬼敷島を眺めた。こんなアンボイナ貝に襲われたら、敵も味方もあるまい。

ＣＣＰが救助を求めたのは当然の成り行きだ。

おれはスロットルペダルを踏みこんだ。

2

ボートが桟橋に近づくと、音を聞きつけたのか、何人かが姿を現した。

一人が桟橋の先端までやって来て大声を上げているが、プロペラ音がでかすぎて届かない。

そのうちに湖面の泡立ちが大きくうねるのが見えた。泡立ちは大蛇のようにのたくりながら桟橋へ接近していった。アンボイナ貝の群れが移動しているのだ。

　おれは拡声器のスイッチを入れた。

「アンボイナ貝がそっちに向かってるぞ！　そこから逃げろ！」

　だがそれでも凄まじいプロペラ音に音声がかき消される。

「下がれ、下がれ！」おれは絶叫した。

　だが彼等は助けを求めて、ますます大きく手を振る。

　うねりが桟橋に到達し、アンボイナ貝がトビウオのように跳ねるのが見えた。恐ろしくシュールな光景だった。貝が飛ぶなんてありえない。だが現実だった。

　そこから逃げろ！　おれは何度も拡声器を使って怒鳴った。

　桟橋まであと二十メートルほどに迫った時、五人がドミノ倒しのように落水した。落水を免れた何人かが、陸の奥へ逃げて行った。

　落水者が次々と浮きあがった。

　真野がボートに常備しているロープ付きの浮き輪を投げた。男が浮き輪をつかむと、すぐにロープを手繰り寄せた。そのまま男を引きずり上げる。男の脹脛《ふくらはぎ》にアンボイナ貝がへばりついている。真野は銃を撃って貝を粉砕した。

　おれはスクーパーバケット・ユニットを作動させた。船首に装着されたそれは、水難者を掬いあげることができる昇降機だった。水難者がバケットのバーをつかむことさえできれば、そのまま吊り上げることができるし、ハンモックみたいなバケットの中へ入ることもできる。

真野雪乃がボートの備えつけの浮き輪を片っ端から投げこんでいった。浮き輪を辛うじてつかめた者、つかむことができずに沈んでいく者もいた。おれは水中に目を凝らし、水没者を探した。水は濁っていて、目測での捜索は困難だった。

水難者の一人がボートまで泳いできて、スクーパーバケットに這い上がった。おれはバケットを上げ、甲板に着床させた。迷彩服を着て迷彩ドーランを化粧した女だった。彼女の下半身にはアンボイナ貝が葡萄の房のようにぶら下がり、立ち上がることができなかった。顔は風船のように膨れていた。助けを求めているのは確かだが、その声は不明瞭で聞き取れなかった。

「何もしゃべらなくていい。今、こいつを剝がしてやるかからな」

おれはこげ茶色の斑《まだら》模様のアンボイナに手をかけた。

細い毒管が何層にも絡まって皮膚に食いこんでいる。手の施しようがなかった。

女性CCPは薄《う》っすらと瞼をひらいた。視点の定まらない瞳が恐怖を物語っていた。

その直後、身体が痙攣してそのまま動かなくなった。

おれは彼女の瞳孔を確認した。呼吸も停止していた。おれは頭を切り替えなくてはならなかった。彼女の遺体をアンボイナ貝に食わせるわけにはいかない。

「許せ！」おれは叫ぶと、腕に渾身の力をこめた。九匹のアンボイナ貝を皮下組織ごと引き剝がしにかかる。彼女のまだ温かい血が噴き出した。引き剝がしたアンボイナ貝に向けて、おれは狂ったように拳銃の引き金を引いた。

「ガンナー！」

おれは陸士長を呼んだ。

彼女はボートの手すりから上半身をのり出して救助活動に夢中だった。灰色の作業服を着た男を右手で引き上げ、左手で浮き輪のロープをたぐり寄せている。浮き輪には女がしがみついていた。

「はいよ！　今手が離せないんですけど！」

彼女はふりむきながらに怒鳴った。

おれも怒鳴り返した。

「揚陸するぞ！　島にも要救助者がいる」

「ちょっと待って下さい！　まだ水難者が一名残ってるんです！」

真野は水没した行方不明者を探していた。

「おい、そんなに身体を出してると、持ってかれるぞ！」

おれはエアボートのエンジンを回した。がくんとボートが滑り出す。

三名が救助された。内訳は男性ＣＣＰが一名、一般人と思しき男女が一名ずつ。おれはボートを陸上へ乗り上げた。湖面で待機すればアンボイナ貝が飛びこんでくる。

おれは応急手当を始めた真野陸士長に向かって言った。

「残ってる人を連れてくる」

おれはＤＳＡ自動小銃を肩から吊った。


プレハブ小屋の内部には、ほのかな明かりが灯っていた。

硝煙臭と魚介臭が立ちこめている。

最初に目に止まったのは、机の下で仰向けになった白衣姿の女だった。女の顔は恐怖で引き攣り、目を大きく開いたまま息絶えていた。

建物の外で何かを叩く音が響いた。要救助者が合図を送っているのかもしれない、と外へ出てみると、建物の前でしゃがみこみ、でかいハンマーを地面に打ちつけている迷彩服の男がいた。

「うおおお」男はハンマーを振り下ろす度に、雄《お》たけびをあげていた。彼の足元にも貝の殻片が散乱していた。ここにも虚しい戦いをしている人間がいる。

「おい、平気か」

おれは声をかけた。

男は血走った眼を向けた。迷彩ドーランを塗りたくった顔の中で、その真っ赤な目がゾンビを連想させた。彼は言った。

「キャンプの薪割《まきわり》が懐かしいよ。おや、あんた見かけない顔だね」

「あんたたちを助けに来たんだ。仲間はどこにいる？　建物の中？」

おれは彼にたずねた。男はハンマーを持つ手を休めて、注意深そうにおれを観察した。血走った目の奥で灰色の光を閃かせ、おれがどんな人間なのか吟味《ぎんみ》していた。そして、いきなり、おれの銃に触った。「そのＤＳＡは飾り物かい？」

「ちゃんと撃てるさ」

「ああ、そうか。思い出したぞ。君はさっき山の中で僕と相撲を取った男だな。僕はＣＣＰの奥田《おくだ》慎平《しんぺい》一等陸曹だ」

「なんだ、あんたか」

おれは一歩さがった。

おれと安崎はこのＣＣＰを倒そうとして、結局は逃げられてしまった。とてつもなく手ごわい相手だった。その男が今はハンマーでアンボイナ貝を叩き割っている光景もシュールだった。

おれは、なぜか彼が敵ではないような気がした。

「おれは、菊崎鷹彦」

手を差し出すと、案の定、握り返してきた。

「君はどうやってここへやって来たんだ？　沼から来たのか。沼はアンボイナ貝に襲われるぞ。それともゴンドラで来たのかな」

奥田はどこかおっとりしていて、要救助者のようには見えなかった。

「おい、後ろ！」

不意に奥田がハンマーを振り上げた。

おれは反射的に振り向いた。

三十個くらいのアンボイナ貝が地面をかたまって蠢いていた。

「まるで異世界ファンタジーだ」

おれは冗談っぽく皮肉を飛ばしたが、奥田は大真面目に演説を始めた。

「本来は島嶼防衛のための素晴らしい生物兵器だったのだ！　研究チームは神経毒から様々な薬品の生成に成功した。それらの薬のおかげで、重傷を負ってもわずかな苦痛だけで済むし、人工骨格を移植しても復帰が早かった。最高のハッピーになれるビッグファイトもあったのだ！」

「戦闘能力も向上した？」

「もちろんだとも。だが、上層部はさらに能力向上を指示してきた。もっと強くなれ、もっと強くなれ！　もっと強くなれ！　もっと強くなって国防に貢献せよ！　そう鼓舞された」

「組織とか企業には、上昇志向の上限がないからな。特に自衛隊みたいな命令絶対の世界では逆らえる人間はいない。一方でそういった考え方に疑問を持つ者もあらわれるだろうな」

「そうとも！　我々の蜂起は必然だったのだ！」

男はハンマーを振り上げ、アンボイナ貝の群れに突進していった。

「いっしょにここから出よう」

おれは狂い始めた彼の背中に呼びかけた。

彼は身体を震わせ、振り向いた。

「帰りがけに声をかけてくれ。俺はここで、アンボイナを退治してるから。さあ、木っ端微塵にしてくれるぞ！」

彼の雄たけびはあたりの空気を震わせた。

おれはふたたび薄暗い中に踏みこんだ。

そこは水棲生物の実験施設だった。濁った水槽、臓器標本でも保存するような円筒形のガラス瓶、人工孵《ふ》化《か》器などが所狭しと並んでいた。台座ごと転がった水槽もあって、それは粉々に割れ、床に大きな水たまりを作っていた。

おれは円筒形のガラス瓶を眺めた。標本は入っていない。

研究用のテーブルもひっくり返り、脚の折れた椅子も散らかり、使いかけの安全ゴム手袋がだらしなく放り投げられている。弾を撃ちこまれた計器盤も目に止まった。夥《おびただ》しい量の空薬莢《からやっきょう》と、粉砕されたアンボイナ貝の残骸が散らばっている。床はアンボイナ貝の体液でぬめり、悪臭を放っていた。

壁際のパソコンラックが目に止まった。次に視界に映ったのは奇跡的に破壊を免れた旧式のパソコンだった。そしてこれも珍しいフロッピーディスクが、中途半端に差しこまれたままになっていた。

ディスクの題字は手書きで、Ｔファイルと読めた。さらに細かい文字がびっしりと書きこまれていて、それも読むことができた。

タガヤサンミナシ貝とアンボイナ貝のペプチド神経毒と汎用性の考察

水棲生物センター　鈴木洋　鈴木京子

フロッピーディスクの横に置き忘れたかのように、文庫本サイズの分厚いメモ帳があった。メモ帳を捲《めく》ってみると、ボールペンか何かで英文字や記号が綴られていた。

化学式の羅列もあればコノトキシンの分子構造を表すイラストもある。専門用語が並び、英字筆記体の記述もある。アンボイナ貝の写真も貼ってあった。さらにページを捲ってみた。ギリシア文字と分子構造モデルのイラストも描かれている。中和抗体解毒剤所見と書かれている。おれは改めてフロッピーディスクの題字を読んだ。

これがTファイルだろうか。

おれはディスクとメモ帳をバックパックに仕舞いこんだ。

物事が順調すぎておれは拍子抜けしていた。だが吟味する余裕はない。もし今ここで誰かが戻ってくれば、それはそれで厄介だ。おれは誰も戻ってこないことを祈りながら捜索を再開した。

「動くな！」

背後から鋭い声が浴びせられ、おれは固まった。振り向くと拳銃を構えた迷彩服の男が立っていた。「貴様、ここで何してる」

「あんたらを助けに来たんだ。銃を下ろせよ」

「ふざけるな。フロッピーディスクとノートをもとの位置に戻せ。さもないと、貴様を射殺する！」

「大事なデータを放置するのも気が引けてね。だからしまった」

おれは出まかせを言ったが通用しなかった。

「救助のどさくさに紛れて盗みとはとんでもない野郎だ」

おれは奥田一曹と対峙した時のことを思い出していた。もう一度、手ごわいＣＣＰを相手にするのはうんざりだった。

「銃を置け！　救助にどうして小銃が必要なんだ？」

　ＣＣＰがおれを問い詰めた。おれは左右に視線を走らせた。

　パソコンラックの左手に壁際に沿って階段がある。階段の下で男女が折り重なるようにして倒れている。アンボイナ貝がもそもそ動いていた。

「わかった」

　おれはアンボイナを横目に両手を挙げた。右手のデスクにはブラウン管式のパソコン。重量のあるパソコンをぶん投げれば武器になるかなと考えながら、肩にかけていたＤＳＡをそっと外した。外すと見せかけて撃つことはできなかった。拳銃の銃口がぴったりとおれの側頭部を狙っていたから。

「銃の次はナイフとリュックだ。ゆっくりと床に置け」

　おれは指示に従った。ナイフケースに手をかけると、待ったがかかった。「そのまじっとしてろ。ナイフを投げられても困るからな。ゆっくりやれ」

　おれは腰に吊ったナイフケースに手を伸ばした。

「なあ」おれはＣＣＰに話しかけた。「階段の所で死んでる女の手、見てみな。フロッピーを握ってるぜ。そっちは回収しなくていいのか」

「黙れ！」

　ＣＣＰが一喝《いっかつ》した。しかし一瞬、奴の目線が死体の方へ泳ぎ、おれはそのチャンスを逃さなかった。拳銃の銃身を右手でつかみ、左のアッパーを顎に食らわせた。同時に膝蹴りをお見舞いする。だが、彼はすんでのところで膝蹴りを交わし、逆にタックルしてきた。おれは死体のところまで突き飛ばされ、尻餅をついた。その拍子にもぎ取った拳銃が床を滑っていった。尻餅をついたおれの顔面めがけて、CCPが鋭い蹴りを放ってくる。おれは死体の脇に転がっていたアンボイナ貝をつかんだ。蹴りが炸裂する瞬間、おれはアンボイナ貝で自分の顔をブロックした。アンボイナの固い殻はキックでは割れなかった。男はつま先を抑えてうずくまる。

「そらよ！」

おれはアンボイナ貝をCCPの顔に押しつけた。銛状の歯舌がぬるりと伸びるのが見えたが、どこに刺さったのかはわからなかった。CCPは絶叫しながら転げまわった。

おれは階段を駆けあがって屋上へ出た。

屋上からは周囲の山々が見渡せた。眼下には水を滔々とたたえた笹蛭湿原が望めた。プレハブの隣に、いかにも工事を途中で断念したような建物が並んでいた。赤錆を噴いた鉄骨がむき出しだ。塗装が斑《まだら》になった鉄塔もそびえている。鉄塔からは黒いケーブルが触手のように伸びている。どうやらゴンドラ用のプラットホームのようだ。

対岸には石塀を横に積み上げたような簡素なプラットホームと鉄塔が見下ろせた。鉄塔と鉄塔を繋いだケーブルの真ん中あたりに、棺桶のようなゴンドラがぶら下がっていた。ゆらゆらとこちらへ登って来る。

おれは屋上全体を見回した。

屋上の隅っこで、ひとかたまりになっているグループがいた。

迷彩服の男が二人と白衣姿の女、それとアクアブルーの制服を着た男。アクアブルーの制服の右腕に〈アルシア製薬〉の文字が読めた。製薬会社の研究技師らしい。全部で四名の生存者だ。

彼らはおれの方へ駆け寄ってきた。

「救助の方ですか」研究技師の男がたずねた。

「そうだ。みんなあのゴンドラで避難するんだ。急げ」おれはこちらへ向かって来るゴンドラを指先で示した。

だが彼らは動かなかった。むしろ不安そうな顔になっている。

「どうした？」

おれは、彼らが一目散に逃げようとしないことに疑問を覚えた。

「ゴンドラのプラットホームは、隣の建物の三階にあるんですよ。そこへ行くには、一度、ここを出なければならない」

技師が答えた。他の者たちもいっしょに頷く。

おれは隣接する鉄骨むき出しの建物を眺めた。壁が少ないので、内部の鉄製の階段が丸見えだった。

「階段を上る体力もないのか」

「そうではありません。ジャンボアンボイナがまだ下で待ち構えているんじゃないかと思って。アンボイナの動きはすばしっこくて、すぐやられてしまう。だけど、アンボイナは階段を登れるほどのパワーはない。人間みたいに上ってこられない。だからここが一番安全なんです」

怯えた彼らの心情は理解できないこともない。

「大丈夫だ。おれが来るときには、二、三匹しかいなかったぞ。いたら、おれが始末してやる。そっちに武器はないのか」

おれはDSAと腰のナイフを触りながら、迷彩服の男に訊いた。二人の兵士は首をふった。全弾を撃ち尽くしたのだという。

「ゴンドラで避難しようとしたが、対岸の詰所に待機してた仲間が死んでしまった。だから、ゴンドラをこちらに呼ぶことができなかった。何しろ一台しかないからね。それで停戦を呼び掛けた。救助に感謝する。おや、あんた誰だ？　初めて見る顔だな」

「バックアップしてやる。それとも永久にここで過ごすつもりか」

おれは急《せ》き立てた。みんな弾かれたように階下へ下りて行った。

彼らがプラットホームのある建物の中へ行くのを見届けてから、おれは奥田一曹のところへ戻った。彼は、相変わらずでかいハンマーで貝を叩き潰していた。

「さあ、行こう」

おれは声をかけた。

「なあ見てくれ、あの墓標を。あそこに並んでるのは、戦死した仲間の墓だよ。なあ、ここはどこだ？　アフガンか。カンダハール旅団は全滅したのか。俺たちはいつ帰国できる？」

おれは葦の茂みを見やった。

そこに墓などなかったし、人影もなかった。ただ葦の葉がさわさわと揺れているだけである。

「任務は終了した。引き返そう」

おれは促した。

「そうか、カンダハール旅団は全滅したんだな？」

彼は視点の定まらない目をおれに向けた。

「そうだ。最高指導者のモハンマド・オマルは死んだ」

カンダハール旅団とはスンニ派過激派組織の戦闘部隊のことだ。モハンマド・オマルはアフガニスタンの首都カブールを制圧してタリバン政権を樹立した指導者だが、カンダハール旅団の司令官だったかどうかは、不明だ。

「俺たちは、日本に、帰れ、れ、るな」

明らかに、奥田一曹は現実と幻覚が混沌としていた。

「モチだ。みんな待ってるぞ。行こう」

おれは彼の手からハンマーをそっと取り上げようとした。だが彼は頑としてハンマーを手放さなかった。

「何をするか。これは化け物退治に必要なアイテムだぞ」

「わかった、好きにしろ」

3

エアボートに戻ると、包帯を巻かれた負傷者たちがシートベルトで固定され、脱出する時を今か今かと待っていた。包帯には血が滲んでいた。アンボイナ貝を剝離するために、真野陸士長が皮膚を切開したのだと思われた。施術した真野陸士長の手が血で染まっていた。甲板に薬品の壜や縫合セットが放置されたままになっている。

ＣＣＰの奥田一曹が、物珍しそうにエアボートの構造の観察をはじめた。しかしすぐにブルーシートにくるまれた遺体に気づき、静かに覗き、瞑目した。

「荒巻《あらまき》二等陸曹、お前もか」

真野雪乃が搭乗者たちの氏名を教えてくれた。アルシア製薬研究員の男女が一名ずつ。名前は塚本俊之《つかもととしゆき》と梶田麻衣《かじたまい》。そしてもう一名は、ＣＣＰの伏見《ふしみ》二等陸曹だと自ら名乗った。

おれはボートのエンジンを回した。陸上からのスタートだ。ジェット機が離陸する時のように出力を少しずつ上げていく。耳の奥が麻痺するような凄まじい駆動音が轟き、推進力が背中全体を押し包む。ボートは砂地を滑り、水しぶきをあげて湿地沼へ突入した。

真野が運転台のラッタルをよじ登っておれの横に座った。彼女は西の空を見上げた。おれもその方角にならった。無蓋のゴンドラが空中を移動していた。人影が何人か見えた。雪乃が手話でエアボートのエンジンを止めろと言っている。おれはエンジンを止めた。

真野雪乃の無線機が鳴っていた。

「こちら安崎。そちらの進捗《しんちょく》を報告せよ」

「こちら真野。アルシア製薬研究員二名、CCP一名を救出。救出中に一名が死亡。依然一名が行方不明。その他屋内にて六名が死亡との報告を菊崎さんから受けております」

「Tファイルの回収はどうか」

おれは両手を◯の形にして、真野に見せた。

「回収できたと本人が言っています。これよりエアボートで帰投します」

「了解。こちらも四名を救出。官舎で落ち合おう」

「了解です」真野がちらりとおれを見る。

エアボートは水を蹴って走り出した。


初め、それが何かわからず、夕雲が太陽を反射しているのだと思った。夕雲ではなかった。雲は羽ばたいたりしない。数百羽の赤い鳥だ。ズクロモリモズの群れがゴンドラの上空を飛んでいる。スズメのような鳴き声が湖上を流れてくる。嫌な予感がした。

「あああ！」

陸士長が叫んだ。ズクロモリモズの一団がゴンドラに襲いかかったのだ。ゴンドラからの銃撃が始まった。

ズクロモリモズが次々と落下していく。だがそれは初めのうちだけだった。

ゴンドラが空の真ん中で停止した。宙づり状態だ。

ゴンドラは無蓋なのだ。そこを目めがけてズクロモリモズの大群が一斉に襲いかかった。何百という数だ、
陸士長は真っ青になって叫んだ。「助けなきゃ！」

ゴンドラから人が飛び降りるのが見えた。一人、二人、三人。

かといって、今すぐに救助に向かえば二次災害に遭う可能性が高い。しかもボートには一刻をあらそうコノトキシン中毒者が乗っている。

おれはＡＴＶへ視線を走らせた。

「陸士長！」

「はい、なに？」

「ＡＴＶは運転できるか」

「ちょろいよ」

「ここへ来る途中にコンクリートの橋があったろ？」

「ええ、わかるわ」

「ＡＴＶをそこで下ろす。こいつに負傷者を乗せ、そこからあんたが運転して、みんなを基地まで送れるか」

「菊崎さんは？」

「おれは、湖に戻ってゴンドラの連中を助ける」

「わかった。そうしましょう」

おれがエアボートを発進させようとすると、奥田がおれの前に移動してきた。

「僕はここに残って、君の手伝いをしよう。僕はたまに白昼夢を見るが、任務に支障はないよ」

「助かる」

「なんの」

奥田はニヤッと笑った。

方向翼が唸り、プロペラシャフトが勢いよく回転した。

川を五百メートルほど下るとコンクリート橋の下に着いた。橋脚下の岸にボートをつけて、ウインチとクレーンでATVを下ろした。そのあと負傷者と遺体をATVへ移す。

真野陸士長は目礼すると、ハンドルを握った。ATVが砂塵を巻き上げながら行ってしまうと、おれも運転台に戻った。

4

おれは宙づり状態になったゴンドラの真下にエアボートを止めた。ズクロモリモズの群れがロープウェイのケーブルやゴンドラの縁に止まっている。数羽のズクロモリモズが舞い降りてきて、プロペラファンのカバーの上に止まった。船首にも止まる。威嚇するかのように甲高いさえずりを繰り返す。ズクロモリモズの小さな目と視線が交わると小首を傾げ、羽ばたいて飛んでいった。

おれは音を立てず、じっとしていた。

五分ほどすると、ズクロモリモズのほとんどが飛び去り、夕闇のかなたへ消えていった。

おれはボートの全てのライトを点けた。強力な明かりが水面を薙《な》いでいく。明かりの向きをゴンドラへ向けた。拡声器のスイッチを入れ、怒鳴った。

「戻ったぞ！」

安崎が無蓋ゴンドラから身を乗り出した。明かりが眩しいのか、手で庇《ひさし》をつくりながらおれを見下ろした。

「ああ、お前か。みんな赤い鳥にやられた！　三人が湖に飛び降りて岸まで泳ごうとしたが、途中でやられた。真野はどうした？」

「彼女たちはＡＴＶで官舎に戻った。そっちの具合は？」

「生きてるのは俺と治験の子が二名、研究員が一名。ズクロモリモズに襲われて、ここで立ち往生だ。なんとかなるか」

「今、助ける。ゴンドラの動力はなんだ？」おれはたずねた。

「ゴンドラ内臓のバッテリだ。だが、バッテリがいかれてダメになった」

「予備のバッテリは？」

「島にあるはずだ。だがあんな重たいモノ、どうやって運ぶ？」

「これから島に戻ってバッテリを持ってくる。それをロープで結んで、吊り上げればいい」おれは希望をこめて提案した。

その時、奥田が割りこんできた。

「予備バッテリはもう使えない」

「使えないってどういう意味だ」

「島の施設を見なかったのかい？　アンボイナを撃ち殺すとき、誤ってバッテリを撃った馬鹿がいたんだよ。みんなパニック状態だったたから」

たしかにいろんなものが破壊されていた。バッテリがどこに保管してあったのかは知らないが、ありとあらゆる場所でパニックが蔓延《まんえん》していたのだろう。

それならB案を考えなければならない。

おれはゴンドラを吊っているケーブルを眺めた。ゴンドラケーブルを伝って陸地を目指すのはどうだ。安崎ならそれぐらいはこなせるだろうが、治験のアルバイトの子と研究員にそんな芸当はとうてい無理だ。

「ゴンドラに梯子《はしご》はあるか。梯子があれば、ボートに下ろせるぞ」

はたして、またもや突き放すような返事が降ってきた。

「ない！」

おれは落胆しながら、今度は対岸にあるロープウェイ乗り場までの距離を目測した。三十、いや三十五メートルくらいだろうか。

「おーい」頭上から安崎が声をかけてきた「いい方法を思いついた」

「なんだ？」

「俺等が乗ってきたバギー車の荷台に、ゴンドラケーブルに引っ掛けて移動できるモーター付き滑車がある。ロープと縄梯子もな」

「やってみよう」

おれはエアボートを発進させた。

対岸は広い砂浜になっていた。船底がフラットになっているエアボートにとって、砂地走行や砂地着地は得意分野である。おれは、エアボートをバギー車の横に停止させた。

ボートのすべての照明器具をオンにしていく。あたりが真昼のようになると、惨たらしい死体が目に留まった。奥田が意味にならない声を漏らした。

救出用の器具を身につけなければならないため、おれは背負っていたバックパックを下ろした。拳銃とボウイナイフだけは身から離さない。ＤＳＡ自動小銃と弾薬は奥田に預けた。

おれはバギー車の装備品ボックスを開けた。いろんな道具が用途別に仕切られていて、救助用の備品はすぐに見つかった。

おれは滑り止めの握りがついたロープを担ぎ、グルグルに巻いた縄梯子を背負い、ゴンドラケーブルの口径に合わせたフック付きの滑車を持った。

5

ゴンドラ用のプラットホームは、コンクリートパネルを一メートルほどの高さまで積み上げただけの簡素な構造をしていた。プラットホーム脇に設けられた鉄階段を駆け上がった。プラットホームの突き当りにケーブルの巻き上げ機械室があった。バッテリによる自走式ゴンドラ仕様のためか、大掛かりな歯車構造にはなっていないようだ。

おれはフック付きの滑車がケーブルから外れないように固定し、その滑車に百六十センチほどのロープを結びつけた。長く余ったロープを今度はブランコ状の輪に編んでいく。

おれはドーナツみたいになったロープブランコに腰をおろし、あんばいを確かめた。洋式便座のひどいやつだ。ケツがずっぽりと嵌まらないように調整する。

おれはモーター付き滑車から伸びたロープに掴まって助走をつけた。体の重さで一瞬沈んだものの、風を切り、一気に空を滑っていった。眼下に暗い湖面が広がった。山の稜線付近はまだ明るい。

宙吊りになったゴンドラまで三十秒ほどで到達した。

おれはゴンドラに乗りこんだ。狭い箱の中に死体が積み重なっていた。新田准尉佐藤看護官、アクアブルーの制服を着た研究員もいる。

ゴンドラ内の生存者は、安崎を含めてわずか四名だった。若い男女がゴンドラの隅《すみ》で震えていた。安崎は無言のまま頷くと、縄梯子を受け取り、ゴンドラの手摺《てすり》に巻き付け始めた。

安崎が縄梯子の装着作業をしている間に、おれはゴンドラケーブルを伝い、プラットホームへ戻った。次はエアボートの出番だ。

おれはエアボートに乗りこみ、砂地走行から水上走行へ切り替えた。

そのままエアボートをゴンドラの真下まで進めた。

おれがゴンドラへ合図を送ると、ゴンドラから縄梯子が甲板に落ちてきた。おれはプロペラファンを低速で回転させ、ボートが流されないように定位置を維持した。

最初に降下してきたのはあどけない顔の少女だった。奥田が両手を差し出し、少女の身体を支えて甲板に誘導した。「よう、がんばった、えらい、えらい」

少女は甲板にへたりこむと、泣き出した。

奥田はそれにはかまわずに、ゴンドラに向かって大声をあげた。

「よーし、つぎーっ！　落ち着いて降りろ。風は吹いてない」

若い男が降りてくる。奥田が両腕を伸ばす。

「よーし、つぎーっ！」

アクアブルーの制服を着た男性研究員がおっかなびっくりの声を洩らしながら、どうにか無事に降りてきた。

最後に安崎が降下しておしまいになった。

6

おれはボートのエンジンを全開にして湿地帯を突き進んだ。

都会と違って山間部には人工の光がない。エアボートのサーチライトとナビライト、バックライト、パトライト、全てをオンにした。遠くから眺めたら、光の塊が川面を滑空しているように見えるかもしれない。

ライトが異様な光景を捉えた。

笹蛭川へつながる水路が大きく波打っている。しかも夜目にも鮮やかな真っ白い泡立ちだった。その泡立ちが津波のようにうねりながら、こちらに向かってくる。

おれは危険を感じ、ボートを止めた。

「あれは二十三夜様の舟渡りだな」

奥田が語った。みんなの視線が彼に集中した。

五十年に一度の二十三夜月の宵、赤い鳥が騒ぐと、笹蛭湖の水が逆立ち、渦を巻くという伝承がある。古《いにしえ》の神が笹蛭の湖上に舟を出し、美しく映る月を掬いとろうとするがうまくいかず、苛立ちのあまり舟を揺らしてしまい、大波が発生し災害をもたらすという、はた迷惑な伝承だった。ラオユエ祭りの原点にもなっているそうだ。

「実際のところは湖底の地殻変動説が有力らしいが、赤い鳥との関連はわかってない」

奥田はそう言って締めくくった。

川杉愁香が諳んじていた赤い鳥の伝承を思い出した。あの云い伝えも二十三夜様を畏怖していた。

川面の波が高さ三メートルの壁となり、迫ってくる。飲まれたらアウトだ。

「東だ！　東の小鬼川《こおに》へ迂回しよう！　小鬼川は笹蛭川の支流で、笹蛭神社の近くで合流できる」

安崎がおれの耳元で怒鳴った。

「みんなシートベルトしてくれ！　急旋回したり急ブレーキをかけたりするから、舌を噛むなよ！」

おれも大声で警告した。

湖水の流れが速くなってきた。平たい船底がサーフボードのように流れている。プロペラシャフトの震動が尻から腸を揺さぶって、胃袋をわしづかみにして、せり上がってくる……エアボートの波乗りは暴れ馬《ロデオ》と同じ呼吸でやれ。でないと、振り落とされるぞ。おれのエアボート・インストラクターはそう表現したことがあったが、まさにその通りだった。

おれはボートを直角旋回させた。「安崎！　どのあたりだ？　ナビしろ！」

ボートはすでに時速四十キロを超えている。

おれはスロットルペダルを緩めない。このまま直進だ。

「後ろ、二十メートルまで接近！　もっとスピード出せ！」

安崎が吠える。

緊張して手のひらがぬめるのを感じたが、操縦桿《スティック》から手を離すわけにはいかない。ペダルを踏む右足と左手の指先に全神経を集中した。アドレナリンが溢れ出して、おれの身体の隅々まで流れていく。血管が脈動し、一ミクロンの針が神経を研磨している、そんな感じだ。

何かが空から降ってきた。

ごとん、ごとん。

ひどく重たい音が甲板に響いた。黒っぽい塊だった。

アンボイナ貝が大波に掬い上げられて、エアボートに落下してきたのだ。

一個や二個ではなかった。巨大な雹《ひょう》が降っているみたいだった。当たったら大怪我をする。

「ハンマーはないか、おい、ハンマーだ！」

奥田がシートベルトを外して立ち上がった。その瞬間、ラグビーボール大のアンボイナ貝が奥田の頭部を直撃した。彼は昏倒したまま起き上がらなかった。

安崎はM４カービン銃の銃床で貝を叩き割り、あるいは湖面へ蹴飛ばして駆除した。

「わああ！　あれなんですか！」

アルシア製薬の制服を着た研究員が大声をあげた。四時の方角を指で差している。

おれはうねりに追いつかれたのかと思い、操縦桿《スティック》を前後に動かしながら四時の方角へ視線を向けた。

右舷側ライトがその方角を照らした。無数の浮草のような塊がプカプカ浮いていた。おれは眼を凝らし、その正体がわかってぎょっとした。

腐乱死体だった。その数、不明。向かい風なので異臭に気づかなかった。安崎がおれの隣に座り、さらりと言ってのけた。

「この湖は自然の死体処理場だ。アンボイナが全部喰ってくれる。さっきみたいな大波で、沈んでいた死体が浮かぶこともあるけどな」


ほどなくして、小鬼川の入口が見えた。

「おい、川が見えた！　行くぞ」

ペダルを踏む足を緩めることなく、水上スピンターンをした。この走法を使うと減速せずにすむ。そのままボートは小鬼川に突入した。

「止めろ！　もう大丈夫だ。止めろ！」

安崎がまた耳元で叫ぶ。エアボートの欠点はプロペラの騒音だ。とにかく移動中は騒音がひどくて肉声で伝えることは難しい。だからどうしても耳元で叫ぶか、エンジン停止をしなければならない。

おれはファンの出力を弱め、怒鳴り返した。「なんだ?」

「言い忘れたことがあった」

「は？」

「この先に落差三メートルの滝がある。ジャンプできるか」

「滝だと？　笹蛭はやっぱり観光地にすべきだったな。温泉も鉱山跡もあるし、大本営の洞窟もある。見どころ満載じゃねえか。エアボートで河川観光してもいいカネになると思うけどなあ」

「お前の意見なんか、どうだっていい。ジャンプできなければ、歩きだ」

小鬼川の流れは急で、曲がりくねっていた。スティックをミリ単位で操作しないと、船体が浮き上がり転覆する可能性があった。

アンボイナ貝の直撃を食らった奥田一曹長の身体が動いた。唸りながら上半身を起こした。

「いてえなあ……」

しきりに額をさすっている。たんこぶができていた。どうやら軽い脳震盪《のうしんとう》をおこしていたらしい。さすがサイボーグ・コマンドだ。身体の構造がちがう。

「滝まであと二百！」

安崎がぶっきらぼうに叫んだ。

おれは拡声器をオンにした。

「おーし、みんな足を踏ん張れ！　今から空を飛ぶぞ！」

おれはスロットルペダルを床いっぱいに踏みこんだ。

猛スピードで加速したエアボートは、物理学の慣性の法則にのっとり、勢いよく空へジャンプした。

ほんの一瞬、おれの体はふわりと浮いた。

体重がゼロになる。

無重力状態だ。

どおおおおん。

激しい衝撃が尻に伝わった。ボートはボールのようにバウンドしながら水面を滑っていく。おれはすばやく計器盤に目を注いだ。

異常を示すランプは点灯していない。

うまくいった。おれは胸をなでおろした。

安崎が歓声をあげ拍手している。

他のメンバーは何が起きたのか、理解していないようだ。

おれはスロットルペダルと方向翼を調整しながら川を下った。

第八章　陽動

1

出力を落とし、川の流れに任せた。

「だめだ。通じない」

先ほどから、安崎はレシーバーにかかりきりだった。機器を振ったり叩いたりしている。「止めてくれ。どうも様子が変だ」

おれはエンジンを止めた。「基地と連絡がつかない？」

安崎は暗視装置付きの双眼鏡を覗きながらささやいた。「まだ午後七時前だ。いくら暗いからって、寝る時間じゃねえ」

「あそこの岸につけようか」

おれは岸辺へボートを向けた。

「ああ、そうしてくれ。偵察してくる。明かりは絞ってくれ」

「わかった」

おれはライトの光量を落とし、ボートが乗り上げられそうなスペースを探した。方向翼を微調整しながら岸辺へ寄せていった。そのあたりは小砂利敷きの河原になっていて、傾斜も問題なさそうだ。エンジンをふかし、いっきに河原に乗り上げた。

安崎がみんなに状況を説明した。

「俺は偵察してくる。あとの者はここに残って待機。一時間待っても戻らなかったら、ここから離脱しろ」

おれは手を上げて口をはさんだ。

「待てよ、安崎。おれも同行する。ボート番は奥田一曹殿に任せようと思う。彼はアンボイナ貝の直撃を受けても復活したタフガイだからな」

「光栄であります！」

奥田が誇らしげに応じた。

おれは奥田のふるまい方を見て、ＣＣＰの全員が本気で謀反を起こしたのか疑問を覚えた。だから釦《ボタン》の掛け違いがあったとしても、元に戻せば、厳しい訓練を積み、厳しい規律を遵守する屈強で正義感あふれる兵士であることに間違いない。安崎にしても考え方の違いはあれ、根っこは同じはずと思った。安崎は彼に命令した。

「では警護と留守を頼む」

「警護と留守を行います」

奥田は復誦した。

安崎がおれに向けて声を荒げた。

「一人よりは二人、二人よりは三人の方がいい時もあるが、お前がでかい顔をするのは、どうも気に入らねえ。控えろよ」

「それで？」おれはやつの棘のある響きを躱《かわ》した。

安崎はおれの表情を探るように見つめた。「お前は自分でも認めてるように実戦経験が豊富だ。そこらじゅうに死体が散らばってるが、ほとんどは治験に失敗したり、情報漏洩しようとした者が拷問で殺されたものだ。もちろんアンボイナ貝の犠牲者もいるし、ＣＣＰとの戦闘で死んだ者もいる。そう、こんな糞みたいな場所では、お前のスキルが役にたつ。だが、統率者はおれだ。ちゃんと協力すれば悪いようにはしない。エージェント田中と天里陸佐にもよく言っておく」

「そりゃ、どうも」

「ところで、Ｔファイルは手に入ったか」

「まあな。でもＣＣＰの妨害にあったぞ」

「では、そこにあるんだな。ホンモノかどうか確かめたか」

「いや」

「おめでたいヤツだ」

「だからこそ、これから確かめるのさ。時間はあるだろ」

「まあな」

2

官舎から明かりが洩れてはいたが、妙に静まりかえっていた。

おれと安崎は顔を見合わせた。

おれはＤＳＡ自動小銃を肩づけして、暗視スコープを覗いた。

官舎の玄関口におれのＡＴＶが止まっていた。ＡＴＶのまわりに人が倒れている。ＡＴＶはひどく破壊されているのがわかった。おれは暗視スコープをずらした。官舎の玄関のあたりにも人が倒れている。

「何があったんだ？」

おれはささやいた。

「それを調べよう」安崎が姿勢を低くし官舎に向かって進んだ。「バックアップをたのむ」

おれは頷いて、彼の後ろに従った。

月明かりがATVを照らした。車体に無数の弾痕があった。四人の死体が放置されていた。遺体の顔と服装に見覚えがあった。救助された人々だった。

安崎が屋内に突入した。おれは背後を警戒しながら、中に入った。

そこらじゅう、空薬莢と死体の山だった。今のところ、生存者はいない。

不意に安崎が手を挙げて、制した。

奥の方からふらふらと歩く人影を認めたからだ。カーキ色の制服の襟元の赤十字のマークが見えた。真野雪乃の友達のミユちゃんを診察した医官だった。

「ドクター、いったい何があったんです？」

安崎は銃をおろし医官に駆け寄った。五十代ぐらいの医官は目を何度もこすりながら答えた。

「君たちが救助に向かって、十分くらいしたら武装集団が襲ってきた。宗像の手下とCCPだった。我々は連中の陽動作戦に嵌められたのだ。彼らの目的はここに保管されてるコノトキシンから生成されたビッグファイトと、武器庫の銃器類だった。宗像がCCPの誰かを焚《た》きつけたんだろう。そのCCPだが、マスクとサングラスで顔がわからなかった」

戻ってきたATVを待ち伏せして銃撃し、避難者たちを射殺したのだという。

「ほかの隊員や研究員たちは、拷問されたりして殺された。宗像たちは狂ってる。私は汚物処理室の排気ファンの修理で天井裏にいたから、どうにか生き残れたよ」

「真野陸士長も死んだのですか」

「いや、彼女は硫酸プールへ連れていかれた。まだ生きてるかもしれん」

「生存者はいないのですか」

「今、探してるところだよ。それより、真野陸士長を」

「わかりました。ドクターも頑張ってください。武器はありますか」

「私は医者だよ。人を傷つけてどうする？」

「ですね」

安崎はおれを見た。


おれと安崎は神社へ繋がる坑道に入った。最初に目に入ったのは、チタニウム合金のドアが無残に開けっ放しになり、空っぽになった武器庫だった。

「畜生、根こそぎ持っていきやがったな」

安崎は獣が唸るような声を出した。

「暗証コードがないとドアは開かないんだろ」

おれは皮肉をこめたつもりはなかったが、安崎は不愉快そうな顔をおれに向けた。

「そうだ。拷問されて吐いたのかもしれねえな」

「あとで取り返そうぜ。だけど、優先順位ってのがある」

おれは坑道の奥を見やった。


銃を構えて進んでいくと、奥の方から人声が響いてきた。

安崎が手をあげて静止した。

「もちろんですよ、宗像さん。で、この女どうします？」

「まだ生きてるか」

「あれだけボコってやったのにまだ息してますよ」

「やり方がぬるいからだ。女を死体処理室のホイストに吊るしたのは、なんのためだと思ってる？」

「え、マジでやるんすか」

「おうよ。両腕を切り落とすから、しっかり録画しろよ」

「おす！」

不気味な機械音の震動と、この世のものと思えぬ悲鳴が同時だった。

おれたちは死体処理室へ急いだ。おれの目に飛びこんだのは、ホイストクレーンから吊るされた、全裸の真野雪乃だった。左腕の付け根に、電動式ノコギリが食いこんでいる。彼女の衣類は床に散乱していた。

おれはDSAカービンを連射した。電動式ノコギリが粉砕され、破片が硫酸槽に落下していった。

硫酸プールのまわりには四人のダークエンパスがいた。そのうちの一人は宗像だ。安崎のM4カービンが火を噴き、二人が壁際まで吹っ飛んだ。胸が粉砕され、血と肉が天井と壁に飛び散った。宗像は敏捷だった。床を転がりながら銃撃を避け、坑道の奥へ逃げていった。残りの一人は膝を撃ち抜かれて歩けなくなった。

おれは硫酸槽の上のホイストを動かし、静かに床に下ろした。

真野雪乃の左上腕部は出血がひどかったが意識はある。おれは医療用パッケージを開き、手早く止血処理をした。あとは医官に任せるのがベストだ。

「あいつら、あたしたちが留守してるスキをついて基地を襲ったのよ。あたしたちも戻ったところを狙われた。あたしたちはあいつらの罠にまんまと引っかかった。なんてお人好しなんだろう」

「しかし、まともなCCPもいたぞ。その話はあとにしよう、ここから出て手当てしないとな」

おれは床に散乱していた衣類をかき集めた。

「そうね。でもその前にやることがある」彼女は冷酷な眼つきになった。「あいつら、レイプしやがった。何度も、何度も。ただじゃすまない」

「そうだろうな」

おれは同情した。

彼女は服を着終わると、おれの腰に吊っていたボウイナイフを貸して欲しいといった。おれはナイフを彼女に渡した。

真野雪乃は膝を撃ち抜かれた坊主刈りの男のところまでゆっくりと歩いていった。

「話すことなんかねえよ」

坊主刈りの男が唾を吐いて強がった。

真野雪乃はそいつの頬を張り飛ばした。

「じっとしてなよ。でないと」真野雪乃はナイフを男の股間にあてがった。「タマを切り取るからね」

おれは坊主刈りの両手首を、真野雪乃がそうされていたようにホイストクレーンに括りつけた。坊主刈は吊られる格好になった。真下に硫酸槽の海が見えるはずだ。膝から血があふれているが、おれは気にしなかった。ホイストクレーンのリモコンを持ち、三十センチほど落とす。彼のつま先は二センチほど浸かった。

「溶かすぞ、いいのか」

「よせ！　やめろ」

坊主刈りのつま先が空を蹴った。撃たれた膝もかなり痛いはずだ。

「お前たちの目的はなんだ？」

「宗像さんの命令に従っただけだ！」

「わかってないようだな」おれはリモコンに触れ、ロープを五センチほど落とした。

坊主刈りが絶叫した。足を飛び蹴りのようにして硫酸の表面張力から逃れようとする。膝の血が落ちていって赤い花が咲いた。おそらくおれは人間とは思えない目をして奴を凝視していたに違いない。

「わかったよ！　わかったから、もうやめてくれ」

「よし、言ってみな」おれはクレーンを少しだけ上げてやった。

「俺たちが欲しいのは、アルシア製薬と陸自が作ってるヤクとその販売網だけなんだ。あとはどうだっていい」

「その割にはひどいことをしてくれたな」

「コノトキシンから副次的に生成されるビッグファイトは、覚醒剤より儲かる。実は、俺たちにはペプチド系ドラッグの生産ラインを稼働させるプランがある。だけど、宗像さんはもうこれ以上待てないと言ってた」

「それで？」

「原料と生成方法のマニュアルをパクることに決めた」

しかし、原料は薬品庫に厳重に保管されており、生成方法マニュアルも武器保管庫内に管理されている。盗み出すことは不可能だった。そんな矢先、鈴木夫妻が死亡し、治験のアルバイトに扮したスパイが潜入してきた。さらにエアボートを乗り回す傭兵まがいの男が現れた。そういった経緯があって、宗像は危機感を募《つの》らせたという。

　そこへ願ってもないチャンスが訪れた。対立していたＣＣＰから救助要請が入った。宗像はこれをチャンスととらえたようだ。以前から、宗像はＣＣＰを手なずけようとしており、そのうちの何人かが宗像に同調したという。

　もともと、笹蛭に住人は存在しない事になっているから、邪魔な人間はいくらでも消せる。それが宗像たちの論理だった。

「治験のアルバイトたちはどうするんだ？　彼らも殺すのか」

「そうだ。全員殺してアンボイナ貝の餌にする。そのために、笹蛭湖に五千個のジャンボアンボイナを養殖してるわけよ。ひひひ」

　坊主刈りの男はほっとしたのか鈍感なのか、耳障りな笑い声を漏らしながら答えた。奴は助かったと思ってるかもしれないが、おれはそれが間違いであることを教えてやった。

「お前はアンボイナ貝の餌でなくて、硫酸で溶かしてやる。そこでぶら下がってろ」

3

我々は官舎へ戻った。

「ドクター！　真野が負傷した！　診《み》てくれ！」

安崎が真野を屋内へ連れていった。

おれは玄関の外に残り、宗像の手下どもが攻撃して来ないか警戒した。

銃の暗視装置を覗く。

案の定だ。黒い翳が闇に溶けながら接近してくる。三つ。おれの心臓に剃刀《かみそり》を当てるような緊張感がみなぎってきた。

「止まれ！　動くな！」

おれは暗闇に向かって怒鳴った。

建屋の灯りが三人を仄かに照らした。

三十代くらいの男がひとり。まだ幼い顔立ちの少年がひとり。そして二十代前半とおぼしき女がひとり。みんな身も心もかき乱されたようなひどい顔をしていた。

彼等は治験のアルバイトたちと思われた。だがおれは油断はしなかった。

「じっとしてろ！　両手を頭の後ろに組んで跪《ひざまず》け！　動けば撃つ！」

三人が電気に触れたように止まった。

「お前たち、そこで何してる？　答えろ！」

三十代くらいの男が両腕を頭の後ろに組んだまま踏み出した。

「自衛隊の人なら助けてくれると思って……実は、宗像たちが治験者たち全員を殺すという噂が広がっていて、そうなる前に学校から逃げてきました。ダークサイトのバイトなんかに応募するんじゃなかった。たくさんの人が死んでも、どこにも連絡できなくて、連絡しようとした人はみんな殺されました」

「それがダークサイトだ。おいしい思いなんてないんだぞ」

「もうこりごりですよ」

「宗像はＣＣＰともつるんでるんだぞ。ここへ来ても連れ戻されると思わなかったのか」

「そ、それは……」口ごもった。

「まあいいさ。あいつらに追われてないか」

「わかりません。ただ、連中は荷物の仕分けが忙しいらしくて、俺たちには目もくれませんでした。だからスキを見て……」

彼らの話に嘘はなさそうだった。荷物とは、おそらく、薬物のビッグファイトと銃器類のことだろう。「なぜそこで、また仕分けをしてるんだ？」おれはたずねた。

「納入先があるとか、言ってました」

「納入先だと？　あいつら物流業者か」おれは吹き出しそうになった。

「深夜一時までには出発したいとも、言ってましたね」

ますます、物流業者だ。おれは腕時計を見た。二十時少し前だった。

「で、あんたらみたいに逃げたがってる奴はほかにもいる？」

「逃げたがってるかどうかわからないけど、宗像たちから待遇面で贔屓《ひいき》されてたバイト連中もいるんですよ。だから、俺たちのことはチクられてるかもしれません。もう、俺たちには行く場所がないんですよ。お願いです、助けてください」

「よし、わかった。みんな中に入れ。医官がいるから、ケガをしている者は申し出ろ」

　おれは彼らを招きいれた。

4

　様子を見に安崎が現れた。おれが状況を説明すると、安崎は食堂へみんなを案内した。ドクターは医務室で真野雪乃の手当て中で、出血はひどいが大事には至らないだろうとのことだった。

「だけどな、自分を暴行したサイコたちをぶっ殺すとも言ってる。当然だ。俺は止めないがね」

「ここには法律も糞もないしな」

おれは背負っていたバックパックをおろし、中からフロッピーディスクと分厚いメモ帳を取り出した。鬼敷島の施設に放置されていたものである。通称Tファイル。こんなもののために、何十人もの人間が犠牲になった。虚無感と疲労感が肩にのしかかっていた。

「ディスクの内容がどんなもんか、調べたい。できるか」

おれはフロッピーディスクを安崎の鼻先に突き付けた。

安崎はフロッピーディスクとメモ帳を交互に眺めながら首を傾げた。

「フロッピーとは時代遅れだな。まあ、いい。来いよ」

安崎は食堂を出た。散らかった廊下を歩き、隊員用の簡易ベッドが並ぶ通路を抜けて、さらに奥へおれを連れていった。

通された場所は、窓のない牢獄のような部屋だった。部屋のサイドボードに学会誌や書籍が高く積まれ、小さな机にブラウン管式のパソコンが置かれていた。おれは、同じ型のブラウン管式パソコンが鬼敷島の施設にもあったことを思い出した。

「ウインドウズができる前のやつだ。このパソコンはオフラインだからハッキングの心配がない。この部屋で鈴木夫妻が研究専用に使っていたものだ。フロッピー用のスロットもある」

安崎はパソコンの電源をいれた。立ち上がるまで時間がかかる。

ふとした疑念がよぎり、おれはそれを口にした。

「ゴンドラで避難するとき、ズクロモリモズに襲われたろ。こっちからもゴンドラがよく見えた。五十羽か百羽か、空が血の色になるくらい、凄かった。よく生きてられたな」

「そのことか」安崎は暗く、悲しそうな眼差しになった。「看護官と新田准尉がみんなの上に覆いかぶさって犠牲になってくれたんだ。言ってる意味、わかるだろ」

「尊い犠牲か。仲間を喪うのは辛いな」

「それは嫌味か。そら、立ち上がったぞ」

安崎はフロッピーディスクをスロットに差しこんだ。彼は青っぽい画面をしばらく睨んでいたが、突然、気が狂ったかのように大声で笑い出した。おれは画面に現れた文字を読んだ。


【当該研究〈Tファイル〉に関する報告はフロッピーディスク五枚に分散し、各論ごとに保存するものとする。理由は容量、機密保全、紛失等のリスクを軽減するためで

ある。なおVOL.1は概論とし、VOL.2以降に各論を展開するものとする】

愕然とした。おれの毛穴から汗が噴き出した。

つまり、フロッピーディスクは五枚あるらしい。

おれが持ってきたのは一枚だった。残りの四枚は鬼敷島に置いたままだということだろう。フロッピーディスクの容量は少ないから、何枚にも分けて保存していたのだ。

大馬鹿、あほう。とんま！　ヘマのコンクールがあったら確実に優勝してる。

安崎は馬鹿笑いしている。笑い声はだしぬけにぴたりと止まった。

「お前、とんでもない芸人だな。傭兵クビになっても食いっぱぐれがない」

「人のミスをそんなに笑うなよ。傷ついたぜ」

「はん？　マジか」

「そうとも。わあわあ、心で泣いてるのが聞こえるだろ」

「おう、聞こえる、聞こえる」

安崎は腹を抱えて笑った。

おれは自分の鍛錬された筋肉と神経を確かめるために、腰に吊った拳銃に手をかけ、少し考えた。

「宗像を先に始末しよう。あいつらはブツの仕分けに時間をかけてる。もたもたしてる間がチャンスだ。武器もビッグファイトも全部取り返して、宗像たちを全滅させる。それが終わったら、おれはフロッピーディスクを取りにいくぞ」

「探してもなかったらどうするんだ？」

安崎は顔を上げて、意地悪そうに口元をゆがめた。

「必ず見つけるさ」おれは意地を張った。

「わざわざ取りにいかなくても、手がないことはない」安崎は意味深に笑った。

「ホントか」

「おうよ。鈴木夫妻はばりばりのアナログ派だった。ノートにいろいろ書いてから、パソコンにそれを清書するのを習慣にしてたんだよ。パソコンはフリーズしたり停電したり削除されたり、弊害が多いというのがその理由さ。メモ帳があるとか言ってたな。見せろ」

「ああ」

おれは分厚いメモ帳のページをひらいた。角ばった文字が目に入った。テーマ別にタイトルが書きこまれている。

イモ貝種アンボイナ貝の生態と捕食
アセチルコリン作用抑制と神経伝達阻害による人体致死実験

遺伝子作用操作によるヒト食いアンボイナ貝の誕生プロセス
モルヒネ百十六倍効果のペプチドとニューロテンシン構造の関係
骨格筋におけるジェオグラフトキシン阻害
多賀谷さん皆視界

多賀谷さん皆視界ってなんだ？　喉にひっかかる骨のような文言。おれは頭をひねった。

「アンボイナ貝は単一種ではなくて、数百種類もあるイモ貝の仲間でな、だいたい三つのグループに大別される」

安崎がアンボイナ貝の蘊蓄《うんちく》を披露しはじめた。退屈な講義はごめんだし、そんな悠長なことはやってられないと、おれが注文をつけると、安崎は渋面になった。

「お前はTファイルの中身がどんなものかも知らないで、エージェント田中に。『はい、お持ちしました、これでございます』って献上するのか。Tファイルのお陰で何人が死んだと思ってるんだ？」

「そんなことはわかってる。おれが言いたいのは、グズグズしてると宗像たちがずらかってしまうってことさ。あいつらを早く始末して、武器とヤクを奪い返す方が先決だろうが。Tファイルはそれからでも遅くない」

「あせるなよ」

「わかったよ。では、多賀谷さん皆視界ってなんだ？　ふざけてるとも思えないし」

「夫妻がパソコンの変換ミスを面白がってそのままにしておいたんだ。正解はタガヤサンミナシ貝。Tファイルのだ」

「Tファイルの T……」

「さっきも話したと思うが、アンボイナ貝の天敵がタガヤサンミナシ貝なんだよ」

しかし、現行のタガヤサンミナシ貝ではヒト食性ジャンボアンボイナ貝に対抗するには脆弱《ぜいじゃく》であり、これを品種改良する必要があった。安崎は説明を淡々と続けた。

「その脆弱性を回避した特異型タガヤサンミナシ貝の淡水養殖マニュアル、それとヒト食性アンボイナ貝の暴走時の対処マニュアル、アンボイナ貝による島嶼防衛マニュアル。この三点セットがTファイルの内容だ」

「何百億円もする艦船やミサイルよりは安上がりだな」

おれは苦笑した。

安崎は無表情のまま補足した。

「そうだ。貝を地雷の代わりにばらまけばいいんだ。貝の産卵数は数万から数十万個単位だからいくらでも増殖できる。問題は国際法に触れる生物兵器の開発に自衛隊が関わって、犠牲者が出て、その弱みを宗像みたいなダークエンパスにゆすられたってことだな」

おれはメモ帳を閉じながら言った。

「メモ帳はディスクの代わりになりそうだ。田中がダメだと抜かしたら、新聞社に現物といっしょに専門の学者を連れていくとカマをかけてみよう」

安崎が笑った。「ぜひ、そうしてくれ」

「いろんな意味で戦争になるぞ」

おれは警告の意味をこめて言った。戦争は望もうと望むまいと、必然があれば勃発するのだ。

「安崎、作戦を練ろう。学校の間取りを教えてくれ」

「宗像たちは拷問マニアだが戦争のプロじゃない。銃の扱いもクソだ。だがＣＣＰが加担してるとなると話は別だ。ＣＣＰは戦争のプロだからな。それとあの宗像テルオも別格だ。元キックボクサーにしてテコンドー八段、銃もナイフも使える。趣味は人体解体ショー。南米コロンビアで生きた女の皮を剝ぎながらレイプしたのは有名な話だ。渡部とかいう刑事が飼ってた情報屋、アカちゃんとか言ってたかな、そいつをバラしたのも、宗像らしい。あそこの連中は、宗像を崇めてる」

「とんでもない奴らだな。国家権力の自衛隊を脅すなんて正気じゃねえ」

「たしかに。宗像は持丸ともつながってるから、かなり手強い」

「それで、エージェント田中がおれを雇ったわけだ。Tファイル奪取は口実で、本当は宗像たちも治験者もアルシア製薬の研究員も、みんな消してしまいたいんだろ？」

「そういうことになるかな」

安崎は事務机に散らかったガラクタを押しやり、プリントアウト用の紙を置くと、ボールペンで配置図を描いた。

「これが学校の全体図だ。校庭の南側の端っこにプール。プールの脇に更衣室があるが、ここは今は倉庫になってる。これが校舎。校舎の玄関前が駐車場だ。宗像たちは二階の大きな部屋を本拠にしてる。昔の教職員室跡だ。治験者たちの居住区も二階にある。非常口は二階トイレの先で、ここから校庭に下りられる……それと、戦闘用バギーが実はもう一台ある。盗まれていなければブローニングM2も使える」

安崎はにんまりと笑った。

「連中が真っ向から応戦してきたらこいつも使ってくれ」

おれは胸元にぶら下げていた二発の手榴弾を差し出した。「おれは、先に行ってプールのところに隠れてるから、奴らをプールの方へ誘導してもらいたい」

「どうやって誘導するんだ？」安崎が質問をした。

「よく見な。安崎の正面攻撃がうまくいけば、宗像たちは後退せざるを得ない。後退するとしたら、この非常階段を使うだろう。非常階段の先は校庭だ。プールサイドから校庭も校舎もよく見えるんだよ。おれは匍匐《ほふく》しながら狙撃する。そうなると校舎の北か東へ、連中は逃げることになるが、そっちに道路はあるか」

安崎は首を横にふった。

「いや。東側は藪になってるし、北側は森になっていて山の斜面になってる」

「ということはだ、藪の中に逃げこまれたら難しいな。そうなる前に全滅させよう」

おれたちは準備にとりかかった。

5

官舎の裏手のある格納庫にはもう一台の戦闘用バギー車が残っていた。安崎はブローニング重機関銃の準備をはじめた。銃身本体だけで三十八キロ、銃を支える三脚が二十キロ、弾帯が二十キロ。おれは手を貸すと、安崎が作業の手を休めずにぼやいた。

「ペプチドコノトキシンは、モルヒネの百十六倍の効果がある。癌の末期患者には効果があるだろうが、副産物のビッグファイトが町に出まわればサイコパスの天下だな」

「死ぬことが怖くなくなるクスリってわけだ」

おれは弾倉帯を装填しながら相槌《あいづち》をうった。

「まさにその通り。太平洋戦争中、日本兵に覚せい剤を投与して死を克服させた話は有名だ。コノトキシンも同じだ。サイボーグコマンドは、身体の一部を人工骨格や人工臓器を置換する手術だった。当然、肉体的にも精神的にも苦痛が伴う。それを緩和するために、コノトキシンが投与された。上の命令だった」

「天里陸佐か」

「そうだ。自衛隊の上下関係は絶対だからな。だから自由にやってるお前を見ていると羨ましい」

安崎は銃身の固定を再度チェックしている。

おれはブローニングの銃身をなぜた。鋼鉄の感触がおれを奮い立たせてくれた。

「な、菊崎よ」

安崎が妙に真面目な顔つきになっておれを見た。

「ん」

「ふたとみ亭の飯は旨いか」

「なんだよ、藪から棒に？」

「この件が終わったら、お前のお薦めを食わせろ」

「あそこの塩引き鮭定食は絶品だが、貴様には食わせない」

「ははは。そう言うと思った。惚れてるんだな」

「やかましい」

「やかましいついでに、ちょっといいか」安崎は首にかけている空薬莢のペンダントに触った。「俺に万が一が起きたら、これをお前にやる。きっと役にたつ」

「縁起でもないこと言うな。学校で落ち合おうぜ」

おれと安崎は拳をぶつけ合った。


戦闘用バギーの出発準備を終えたところへ、包帯を巻いた真野陸士長が現れた。彼女は装填されたブローニング重機関銃を見て、全てを悟った様子だった。

「私と医官はここに残って、負傷者たちと残留者たちの面倒をみることにします。あと、ここへ逃げてきた人たちなんですけど、どうしますか」

「しばらく面倒みてやれよ。もうオペレーションは終わりにしよう。宗像たちもここを引き払うつもりらしい。だが丸腰では困るよな」

安崎は腰の拳銃と予備弾倉を真野に手渡した。

真野陸士長は敬礼した。「ありがとうございます。安崎一尉、菊崎さん、どうかご無事で！」

おれと安崎も敬礼を返した。

おれは月明かりの下を走り抜ける一頭の豹だった。豹は静かに、そして獰猛《どうもう》に獲物《ターゲット》に食らいつく。

前方に校舎のシルエットが浮かびあがった。おれは植え込みの陰に身を潜め、あたりの様子を窺った。

かつての学び舎が戦場になっているとは、卒業生たちや教師たちは夢にも思っていないだろう。真実を知れば、その驚きと悲しみはどれほどになるだろうか。そう考えた途端、おれは土に還るような虚しさを覚えた。

校舎のエントランスに明かりが灯っている。二階は白い光と黒い窓がオセロのように並んでいた。

おれはは視線を校舎の正面玄関へ向けた。

駐車場に四台のワンボックスカーが止まっている。どの車両もバックドアが開いていて、積み込みの真っ最中だった。見張り番もいるみたいだが、でかい荷が運ばれてくると手伝っている。時折、荒々しい作業指示の声がする。

作業に夢中のようだ。

おれは校庭の方角を眺めた。

誰もいない。校舎の屋上からサーチライトで監視している気配もなかった。二階の窓から外を監視している者がいるだろうか。玄関先の慌ただしい雰囲気からして、その可能性も低い気がした。

おれは姿勢を低くして、校庭を一気に駆け抜けた。


青い月がプールの水面に映っていた。冷たい刃物のような月だ。アンボイナ貝が棲息する水の色は不気味だったが、おれはプールサイドに腹這いになり、暗視スコープを覗いた。

そこから注意深く校舎を観察しているうちに、こういった場所にはそぐわない形の車が止まっていることに気づいた。大型セダンで優雅なフォルム。左ハンドル仕様。どこかで見たことがあるぞ……そのクルマのドアにもたれかかっている二つの人影。

おれはスコープの倍率を上げた。クルマはＢＭＷ。

ナンバーが読めた。

河川管理組合の駐車場に止まっていたＢＭＷと同じだった。

興味深いのは二人の人物だ。

男の方は、宗像テルオ。こいつはよく知っている。

女の方は……眼を疑った。

殺されたはずの蒔田優香だったからだ。

頭が混乱したが、腑に落ちなかったピースの一つが嵌まった気がした。

プールサイドに腹這いになっていると、重車両の震動が伝わってきた。腸がねじれるようなM2の発射音が轟いた。まばゆい火箭の奔流が校舎に吸いこまれていく。

人間の四肢がバラバラに散ったのが見えた。

ダークエンパスたちはパニック状態になったようだ。悲鳴や喚《わめ》き声が交錯する。

バギー車はおかまいなしにバリバリともの凄い音を立てながら玄関ドアをぶち破った。

追い詰められた彼等が非常口から飛び出してきた。

おれはDSA自動小銃の引き金を引いた。瞬く間に三十発を撃ち尽くした。おれは弾倉をリロードし、追い立てた。ダークエンパスたちは東の藪へ、北の森へ散っていく。

安崎の乗ったバギー車が非常口から飛び出した。M2を撃ちまくっている。戦車の装甲をぶち抜く弾丸を食らっては、柔らかな人体などひとたまりもなかった。夜目にも鮮やかな血しぶきと肉片が四散した。安崎も狂っていた。

二分後、銃声が止《や》んだ。

6

玄関前に並んでいたワンボックスカーはおおむねの原形をとどめていた。リアウインドウが割れたり車体が凹《へこ》んだりしていたが、積み荷が破損している様子はない。ドラッグが詰めこまれていた段ボール箱や、銃器を梱包した毛布の束がそのままになっていた。

それにしても校内は血の海だった。おれは生存者がいないかどうか、あたりに視線を配った。荒い息づかい、物陰に潜む殺意、瀕死《ひんし》の呼吸。おれは全神経を集中させ、不協和音のような気配を掬いとるために奥へ踏みこんだ。

二階に上る階段を見上げた。二階は居住区らしいが、最重要の警戒対象だ。

おれは階段をゆっくり昇っていった。

踊り場に若い男が二人、頭を撃ち貫かれて死んでいた。

通路には女がうつ伏せに倒れている。逃げるところを後ろから撃たれたようだ。背中に赤黒い穴が無数にできていた。治験者たちを生かしておくと後々面倒になると判断した宗像たちが殺害したのだろう。いったい、この土地では何十人の人間が命を落とせばすむのだろう。

おれは宗像と蒔田優香を探すことにした。どこかで生きていて、こちらを監視している気がしたし、訊きたいことがたくさんあった。

天井を見上げる。

監視カメラはなかった。

おれは突き当りの非常階段を下りた。

屋内に突っこんだバギー車が、階段下のホールのど真ん中で停止していた。おれは銃を構えたままバギー車に近寄った。

「おい、安崎。ブツを回収できるぞ。よかったな」

返事はなかった。

安崎の頭部の半分が消失していた。血と脳漿がそこら中に飛び散っていた。

声も出なかった。

おれは膝をつき、黙禱《もくとう》をささげた。そしての彼の胸元から空薬莢のペンダントを外した。何かの記念品のつもりだったのだろうか。死んでしまっては真意はわからないぞ。おれはつぶやきながら血まみれの空薬莢ペンダントを、手のひらの中で転がし、ポケットにしまった。

おれは静かに立ち上がった。ＤＳＡを構え直し、周囲を見回した。

安崎を殺せる奴を二人思いついた。宗像とＣＣＰだ。

銃声と同時に、大腿部に灼熱感を覚えた。脇腹にも火箸を突っこまれたような疼痛が走った。一瞬、自分の身に何が起きたのか理解できなかった。おれの身体はコマのように回転していた。不覚だった。被弾したのだ。それでもおれはＤＳＡを構え直しながら伏せた。伏せながら横に転がる。

目の前に蒔田優香がいた。

あまりにも唐突だったので、さらに混乱の思考が駆け巡り、それが命取りになった。相手が誰であれ、すぐに制圧し返すのが戦場での鉄則だった。おれはそれを怠《おこた》った。

「動くなよ」

男の野太い声がした。

回転式拳銃の銃口がおれの頭に狙いをつけていた。

宗像だ。指が引き金にかかっている。指先が圧迫されて白くなっていた。あと数十グラムの力が加われば弾丸が発射される状態だった。

「安崎の死体があれば、さすがのお前も動揺してスキができると踏んだ。さらに死んだはずの蒔田優香が登場すれば完璧。安崎をなぶり殺しにできなかったのは残念だったけどよ、一発で仕留めてやったぜ。銃を床に置け」

おれもＤＳＡの引き金を引くのは簡単だった。宗像は即死するか、あるいはおれの行動を読み切っていて死を免れる行動を取るだろう。

「さっさと銃置けやあ！　このボケ！　腰の拳銃もだ。もたもたするんじゃねえぞ、こら！」宗像が怒鳴った。

おれは銃創の痛みに耐えながら指示に従った。

宗像は薄気味悪い笑顔になった。「安崎の糞野郎は前から気に食わなかったんだ。機関銃を撃ちまくってるところを、ドタマの側面からぶち抜いてやったぜ。ほれ、脳みそが粉々だ」

「次はお前の番だ」おれは唾を吐いた。

宗像は挑発にのらなかった。「両手を頭の上に組んで、跪け！」

おれが言う通りにすると、ようやく蒔田優香が腰に手を当て、苛立たしそうにおれをにらんだ。

「アタシは幽霊じゃないからね。そんな顔で見ないでくれる？」

「脚が生えてるから、幽霊じゃないこともわかる。おしっこのにおいもするしな」

「は？　サイテー」優香はおれの頭をはたいた。「アタシがなぜ生きてるのか知りたくないの？」

「知りたいね」

「そうね、あなたはふたとみ亭でお昼ご飯をご馳走してくれたから、お礼に話してあげる。冥途《めいど》の土産《みやげ》にね」

「そりゃ、どうも」

おれは傷口を触った。血がべっとりとついた。大腿部は掠っただけのようだが、脇腹は具合がわからない。方策がなければ、おれも死んでしまう。

宗像が嬉しそうな顔でおれを眺めた。蒔田優香は汚いものでも眺めるような目つきになった。

「おれとしても、このタイミングであんたが登場するとは思わなかった」

おれは痛みを無視して話を続けた。

「へえ、まるであたしが死んでなかったことを初めから知っていたみたいに聞こえるんですけど。あたしがアンボイナ貝のプールに突き落とされるところ、見たでしょ」

「ああ、見たさ。あの時、おれは逃げてきた治験者に気を取られていて、あんたを助けられなかった」

「薄情ね」

「あのプールではタガヤサンミナシ貝を飼育してるんだろ。タガヤサンミナシ貝はアンボイナの天敵で、人間に害はない。あんたは落とされたのではなくて、自分から飛びこんだんだ。おれはてっきりアンボイナのプールだと思いこんでいたから、まんまと引っかかった。だけど、腑に落ちなかった」

「へ、どうして?」

「プールサイドやプールの中が静かすぎたからだよ。人間をアンボイナ貝のプールに落としたにしては争ったような跡がないし、プールのように深い場所から死体を引き上げるのは容易じゃない。まして水の底はアンボイナ貝だ。貝に刺されるリスクがあるのに、何の準備もなしに引き上げるのは困難だと思った。しかし、毒貝ではなく普通の貝だったらどうだろう。落ちてもすぐ引き上げられる。安崎は死体回収の専門家がいると言ってたけど、おれは信じなかった。まあ、結局は硫酸タンクの死体処理場を見学して、納得はしたけどな」

「じゃあ、なぜ、あたしは飛びこんだの？」蒔田はくすりと笑った。「ヘンな言い方だけど」

「推測だけどね」

「あら、面白そう。どうぞ」

「おれたちが神社でズクロモリモズに襲われて、鳥屋野潟の施設で療養したとき、あんたは一足先に退院した。その時に宗像とアポイントをとって、話《ナシ》をつけたんじゃないのか。あんたは、宗像と話をつけるのは簡単だと言ってた。あまりにもあっさりとしていたから、糞度胸の持ち主なのかバカなのか、おれは勘ぐったよ。あれは出来レースだったんだな。で、示し合わせた宗像の手下が、あんたを突き落としたわけだ」

「概ね、正解」

「初めから宗像を手を組むつもりなら、なぜおれを騙した？　労力の無駄だとは思わなかった？」

「品物を運ぶのに、歩けっていうの？　陸路のほかに水路も確保しておいた方がいいと思ったし、あのアンボイナ貝が阿賀野まで流れてきていないか、調べるためもあったのよ。あんなのが、阿賀野川を泳いできたら大変でしょ。幸い、目視では見当たらなかったけど。あなたは、あたしのことを気にかけていてくれたから、それを利用することにしたのよ」

「……？」

「あたしが無事でいれば、あなたは必ずあたしをボートに乗せて帰ろうとするでしょ。あたしとしてもそうしたかったけど、宗像さんと手を組んだ以上、それもうまくない。だからとっさに、死ぬことを思いついたわけ」

予想以上にしたたかな女のようだ。それよりも傷口も痛む。出血もしていた。おれは痛みをこらえ、宗像を睨んだ。

「お前たちはコノトキシンから副次的に生成される麻薬の横流しをもくろんだんだな。だけど官舎への立ち入りは制限があったし、ましてや保管庫は武装隊員がいるからそう簡単にはいかない。そこで、お前たちはおれたちを鬼敷島へ呼び寄せたんだな」

おれは宗像を見た。

「その通りだ。ＣＣＰの一人を焚きつけて、アンボイナ貝を鬼敷島の施設にばらまいたんだ。三十匹もあれば、パニック状態になることは、わかってたからな。あとはてめえと官舎の生き残りを始末すれば終わりだ」

「蒔田優香。本当は鈴木夫妻など、どうでもよかったんだろ？」

おれが再び蒔田優香を見やると、彼女は不適な笑みをうかべた。

「ええ。私には三億円の負債があった。旦那の親類の保証人になったおかげでね。でも、突破口が見つかった。コノトキシンは、まだ研究され尽くしていない、無限の可能性を秘めているペプチドなのよ。アルシア製薬の研究員は、新発見のスーパーペプチドアミノ酸配列表を構築した。それによれば、認知症治療薬のほかに臓器移植に伴う苦痛や抗体反応を緩和させることができる。ある仲介業者がその配列表ファイルの持ち出しを提案してきた。報酬額は五億。五億あれば借金もチャラ、あとは悠々自適の生活が待っているわけ」

「そういうことだったたか」おれは妙に納得した。

宗像は銃とビッグファイトを。蒔田優香は未知の未来ある配列表を。そしておれはTファイルを。みんなそろいもそろって、火事場の大泥棒だ。たかが毒貝。されど、その毒貝はとんでもない災難をもたらす化け物貝だったのだ。

蒔田優香が甲高い声で笑っている。

彼女はうまく根回しして目的を達成したことになる。

「保証人の負債がチャラになってよかったな。あんたはツイてる。子のいる母親なんて嘘っぱちだろ。でなきゃ、カルト集団相手にこんな仕事ができるわけがない。度胸がないとな。おめでとう」

「あなたもそれなりに頑張ったんじゃないの？　犠牲者はたくさん出たみたいだけど

ね。あのね、あたしに娘がいるのは本当よ」

「マジか」

結局、おれは蒔田優香のシナリオに踊らされたということか。彼女と宗像の関係が

どんなものか興味が湧いたが、おれの体力もどこまで持つかそちらの方が大事だった。

脇腹がひどく痛んできた。皮肉なことに、コノトキシンがどれほどのものか試したく

なった。

「でね」彼女はおれの耳もとで囁いた。「あなたが持ってるTファイルをね、もらう

わ」

「欲張り女め。配列表の五億じゃまだ足りないのか」

「Tファイルにはタガヤサンミナシ貝の飼育マニュアルとかニューロテンシン構造の

ことが記録されてるけど、それは表向き。化学構造式に混ざって、顧客名簿が暗号化

されてるのよ。それを闇サイトに出品してオークションにかける」

「顧客名簿の暗号化？　なんだ、そりゃ」

「C国、K国、A国の要人よ。アンボイナ貝とタガヤサンミナシ貝から生成される鎮

痛薬、猛毒神経ガス、解毒剤……。どこが高値で買い取ってくださるかしら。宗像さんはドラッグでビジネス、あたしは要人リストでビジネス。さあ、お話は終わりよ」

C国、K国、A国。いずれも暴力と独裁政治の国家だった。彼女は自分が何をしようとしているのか、わかっていないのだろう。ゲーム感覚でよその国を手玉にとっているとしたら、殺されるだけでは済まない。蒔田優香の背後に誰かいるのだ。

優香が宗像に目配せした。「じゃあ、さようなら。地獄の安崎さんによろしく」

「おい、菊崎。てめえが何発食らったらくたばるか見届けてやる。心臓か脳天にぶちこむまで生きててくれ」

宗像らしい残酷なセリフだった。

おれは洒落たセリフで応酬しようと思ったが、やめた。奴の気が変わったら困る。宗像はおれをいたぶるつもりだから、急所を外して狙いをつけ直すだろう。その時がチャンスだ。おれは銃から目を離さなかった。回転式拳銃の丸い弾倉がゆっくりと動き出した。照準はおれの膝のあたりだ。膝の骨を砕かれたたら反撃できるチャンスがない。

宗像が引き金を引いた。銃声。おれは横に転がった。宗像が大声で笑った。

「そうやって逃げるだろうってことは、お見通しだ。そら、そら、そら！　次は外さねえ」

不意に天井の電気が消えた。蒔田優香の小さな悲鳴が聞こえた。同時に、暗闇の中、宗像のわめき声と銃声が続けざまに三発轟いた。宗像が闇雲に発砲したのだ。

「菊崎さん、こっちです！」

暗闇の中で猫のような眼が光った。「自分は奥田一曹です。眼球に暗視レンズを嵌めているので、夜間行動に不自由しません」

奥田の声の方角からオレンジ色の閃光が走った。自動小銃の小気味良い銃声と空薬莢がからから落ちる音が響いた。ほのかな火箭の明りが、逃げていく宗像たちの後ろ姿を捉えた。

エアボートの留守番をしていた奥田は、おれたちの帰りがあまりにも遅いので様子を見に来たのだという。Ｍ２機関銃の発射音が聞こえたので、尋常ではないと判断し、プール側から潜入してきたと言った。

とりあえず、おれは命拾いしたわけだった。

第九章　エアボートvs水上暴走族

1

エアボートを操縦するおれの傷をあらためて確かめ、奥田は安心したようにため息をついた。

「脇腹は皮膚と肉がえぐれているだけだね。内臓は損傷してない。コノトキシン鎮痛剤を直接投与したので、痛みは和らぐはずですよ」

ボートは笹蛭川と阿賀野川の合流地点を過ぎていた。

スロットルペダルは軽めに踏み、スティック操作のバランスに集中した。川の両岸に建物が見え隠れしている。白い明かりが蛍のように飛び交い、後ろへ後ろへと流れていった。川沿いの道路をトラックや普通乗用車のヘッドライトとテールライトが交差しているのを眺めていると、やっと一息ついた気分になってきた。

エアボートのシートには、宙吊りになったゴンドラから救出した三人の避難者と奥田一曹が座っている。

やがて前方にＪＲ磐越西線の鉄橋が見えてきた。

おれは係留用のフリースペースにボートを横づけし、エンジンを止めた。

「みんな、自由だ。家に帰るなり好きなようにしてくれ。ＪＲの駅までは歩いて十分ってとこだな。川沿いの道路を行けばすぐわかる。この時間だと新潟行の最終に間に合うはずだ」

おれが終点を告げると、避難者たちは不安そうにきょろきょろあたりを見回した。連れて来られた場所がはたして安全なのか確かめているのだ。

気持ちを落ち着けるには、人それぞれ自分にあった方法がある。おれは彼等がリラックスするまで待ってやった。

「生きているだけでもありがたいと思え。元々はお宅らが望んで闇サイトにアクセスしたのが発端なのだ。お宅らは死んでもおかしくなかった。だから次は生きる術《すべ》を探さなきゃならない。それが順序ってもんだ」おれはたれたくもない説教を若い男女にしなければならなかった。

「あの……」

高校生風の少年がボソッと呟いた。

「ん？」

「これからどうすればいいんですか」

「は？　警察に行くなり、家に帰るなり、医者に行くなり、好きにすればいいだろ。おれはカウンセラーじゃないからそこまで干渉しない。ただ、お宅らの立場はいろんな意味で微妙だな」

おれはそれぞれの立場を想像してみた。

高校生風の少年は、家庭か学校に不満があってＳＮＳに逃避した挙句、甘い罠にからめとられたクチだ。家出同然だから、帰るべきか放浪してもっとひどい生活をするか、天秤にかけているんだろう。

三十代くらいの男――アルシアの研究員――は、一攫千金を夢みたものの、見事にアテが外れたクチだ。今回に懲りて新規まき直してステキな未来の夢を見ればいいのだ。

突然、スマホをいじり出した女の子は典型的なスマホ中毒者と思われた。二四時間、誰かと繋がっていないと落ち着かないタイプ。早速、電話をかけていた。

「す、すいません。連絡が遅れてしまって……はい、はい。そうです」

女の子が平謝りしている。

三十代の男はおれにむかって会釈すると、その場から去ろうとした。おれは男を呼び止めた。「ＧＰＳを身体に埋め込まれているんだろ。信用のおける医者へいって早くとってもらえ。でないと、邪蛇連合会が強力なネットワークを使って捕まえに来るぞ」

　おれは高校生風の男の子にも同じことを言った。

「ありがとうございます。おれ、家に帰って、親に謝ります。ありがとうございました」

「ああ、それがいい。できるだけ人通りの多いところを歩け。そして家に帰ったら親に全部話せ。家はどこだ？」

「埼玉の大宮です」

「遠いな。交通費は？」

「そ、それが……」少年は口ごもる。「財布もスマホも落としてしまったみたいで……給料も貰えなくて」

「踏んだり蹴ったりだな」おれは財布を出し、紙幣を抜いた。「返さなくてもいい」

「あの、おれ……その……ありがとうございます！　必ず返しますから」

「今度の最終列車の新潟着は十一時頃だ。だから新幹線の最終には間に合わない。駅前にネット喫茶があるからそこで休め。そっちのみんなもな」

　阿賀野川沿いには集落やコンビニや小さなスーパーが点在するが、住民の交通手段は圧倒的に自動車であり、鉄道を利用する者は少ない。最終列車で新潟駅まで行けるだけでラッキーなのだ。しかし彼らには、体内に埋めこまれたGPSを取り出すという試練が待っている。除去手術を早々に行わなければ、また捕まってしまうだろう。

彼らはお辞儀をすると、駅に向かって歩き出した。おれは彼らの幸運を祈った。

2

おれと奥田はボートの甲板で一夜を明かすことにした。二人とも疲れ切っていたし、これから夜の川を走っても今後の策が浮かぶとは思えなかった。奥田はボートの真ん中で大の字になった。

静かな晩である。初夏の夜半の空気が、ひんやりして心地よい。

煌々《こうこう》と月が照っている。風のない水面にくっきりと月が漂った。今なら、大きな網があれば撈月《ラオユエ》、月が掬えそうな気がした。大きな網にお月さまを入れて、桃香に見せたらどんな顔をするだろう。おれはひとり微笑んだ。それは決して叶うことのない夢だった。いつしか、おれも眠りについた。

朝方の冷え込みとコーヒーの香りで目が覚めた。

奥田一曹が缶コーヒーを開けている。温かなコーヒーの湯気が揺れていた。

「コーヒーは道の駅の自販機で買ってきました。ほかほかのカップ麺もあります。朝飯にしましょうや」

ハンマーでアンボイナ貝を叩き潰していた時とは雰囲気が変わっていた。「もう退官しますよ。あんな戦争はこりごりだ。サイボーグコスチュームともおさらばです」

「ああ、その方がいいよ」

朝飯を食いながら奥田は身の上を話した。千葉の高校を卒業したあと自衛隊に入り、習志野の第一空挺団の任務についたという。その後、新潟鳥屋野潟駐屯地の特殊作戦チームに配属された。待っていたのは実戦さながらの過酷な訓練だった。アンボイナ貝から生成された特殊な鎮痛剤を投与され、ロボットのような骨格と戦闘機能を身につけよとの命令が下った。「わたしらは、いわゆる実験材料でしたよ。日増しにひどくなっていって、気がついたら暴走していました。当時の隊長が、天里三佐。今は偉くなって一佐ですか。ところで、笹蛭はどうなると思います？」

「さあな。あのままだと、全て隠蔽されるだろうな」

「ですよね」

「宗像と蒔田優香はまだ生きてるかな」

すると、奥田は意味深なことをつぶやいた。「ＢＭＷにね、ちょいと悪戯をね、仕掛けときましたよ」

「BMWの持ち主は?」

「えへへ。あの宗像ですよ」

「時限爆弾か」

「もっとえげつないですよ」

奥田はひえひえと笑った。

おれはそれ以上の追及はしなかった。奥田も一癖も二癖もある戦闘員のようだ。

食事を終えたあと、おれは分厚いメモ帳をひらいた。一ページずつ紙の感触を確かめながら捲っていった。メモ帳の真ん中あたりに、難解な専門用語が並ぶ箇所があり、そこが袋閉じになっていた。太陽に当て透かしてみる。黒っぽい翳が透けて見えた。黒くて小さい蟲がまぎれこんでいるような翳だった。大きさからしてマイクロSDカードかもしれない。

「何してるんです?」奥田が訝し気にたずねた。

「このメモ帳、どんな価値があるか知ってるか?」おれは逆に質問してみた。

「ああ、それね。ジャンボアンボイナ貝の生態系維持のマニュアルと、緊急時対応のマニュアルの原本ですよ。表向きは極秘扱いになってたけど、隊員たちはふつうに閲覧してました。わたしたちが貝に襲われた時みんなパニックになってましたから、放置されたままだったんですね。まさか、菊崎さんが持っているとは思いませんでしたよ」

「他に何かあるか？　例えば、大事な顧客リストが内包されているとか」

「さあ。ただ、そのノートを書いたのが鈴木夫妻でして、彼等にしかわからない暗号が隠されているのかもしれませんね」

「と、いうと？」

「あくまで噂ですがね。アンボイナ・コノトキシンに関するデータの譲渡先リストですよ。しかも相手は、海外の自由諸国じゃない国です。鈴木夫妻が亡くなったのはそのせいらしいんですけど、詳しいことは知らされてません。警察が介入したのかどうかも、知らされていないんですよ」

「なるほど」

おれは名簿を閉じた。今度は、空薬莢ペンダントを取り出した。なぜこんなものを安崎は後生大事にしていたのか。おれはぐるぐるといじってみた。ははん、そうかい、そうかい。おれはうなった。空薬莢の中身は空っぽではなかったのである。

おれは深呼吸をしてから、エアボートに備えつけのナビ・システムを立ち上げた。おれしか知らない暗証コードを打ちこむ。

太陽が気持ちいいほど高く昇っていた。

3

阿賀野川の下流は左右に大きく蛇行しながら川幅も太く広くなっていく。広いところで川幅が三百メートルを超える下流域に差し掛かっていた。

おれは、前方にプレジャーボートと水上バイクの集団をみとめた。

どちらかが回避しなければ正面衝突しそうだ。プレジャーボートを護衛するかのような陣形で水上バイク集団が走行していた。彼等は川幅いっぱいに広がっていた。

プレジャーボートに見覚えがあった。違法ポルノ撮影に使用していたやつだ。たぶん証拠品として押収されたはずだが、持丸の力で返却されたのだろう。

水上バイク集団を観察する。全身黒づくめのドライスーツに黒のメット、グローブ、ゴーグル、マリンブーツで固めている。

プレジャーボートの右舷側に五台、左舷側に五台。どのバイクも二人乗りだ。後部座席の人間はみな金属バットを手にしていた。水上バイク集団は扇状に広がって旋回し、向きを変えた。大きくUターンした集団はエアボートを後方から追う形になった。包みこむような陣形をとりはじめている。

おれは奥田一曹に目配せした。彼は小銃を肩につけた。

水上バイクのジェット噴流の航跡が真っ白に泡立ち、その引き波が高潮のように幾重にも川岸に寄せては飛沫を散らしていた。

水上バイク集団との距離が縮まってくる。騒音もエアボートと匹敵するほどやかましい。

正面から突っこんできたプレジャーボートとエアボートが、ぎりぎりですれ違った。オレンジ色のライフジャケットに身をくるんだ男が半身を乗り出していた。そいつの手にハンドマイクが見えた。

——そのエアボート、止まれ！　止まらないと、ボートごと転覆させるぞ！

三台の水上バイクがエアボートの右舷に並んだ。

続いて左舷にも三台が並ぶ。

挟まれた。

後方にも二台がぴったりと追尾している。前方に二台が回りこんだ。

ボートの出力を上げて強行突破することも考えたが、スロットルペダルを踏みかけて思いとどまった。もし前方の水上バイクと衝突すれば、こちらのダメージも大きい。衝撃で水上バイクがエアボートに乗り上げるかもしれない。その時はこちらも怪我を負う。

奥田一曹が威嚇射撃した。乾いた銃声が五発。だがボートの騒音に銃声はかき消され、無駄に終わった。

銃撃を目《ま》の当たりにして、おれの理性が待ったをかけた。おれは、川岸沿いの道路や建物に目を向けた。ごく当たり前の風景が広がっていた。ここは日本だ。同じ日本国内でも、笹蛭は突出した異様な土地だった。あそこは紛れもない戦場だった。常人の感覚が麻痺した世界にどっぷりと浸かったおれたちは、元の世界に戻らなければならない。

相手が誰であれ、ここで銃をぶっ放せば、正当防衛と過剰防衛を通り越して殺人罪、銃刀法違反に問われる。銃器類は日常ではないのだ。日本の法律がそこにある。

阿賀野川はミャンマーのエーヤワディー河ではない。阿賀野川流域には、平和な生活を営む人々が大勢いる。

しかしながらおれに待ったをかけた理性は失策だった。奴らにチャンスを与えてしまったのだから。

水上バイクとエアボートのスピードが一緒になり、並走するかたちになった。奴らはタイミングを見計らって、一斉に金属バットをふりまわした。

ばき。どすん。ぼん。がしゃ。ぱきん。

ありとあらゆる角度からの滅多打ちだった。

最初の一撃でボートの補強用フレームが軋《きし》み、ひん曲がった。次のフルスイングは船首のフォグランプを粉々にした。右舷の甲板にバットを叩きつけた奴がいた。その衝撃でボートがローリングする。

奥田一曹が本格的な銃撃をはじめた。奥田一曹の中ではここは戦場なのだ。

右舷にたかっていたバイクの運転者が落水し、後部座席の人間も激しい水柱をあげて落水した。運転者のいなくなったバイクがフラフラと蛇行していく。

奥田は右舷と後方に気を取られ、左舷が甘くなった。

「左舷、注意しろ！」

おれは怒鳴ったが、エアボートのプロペラ音と水上バイクの排気音、銃声と重なって届かなかった。おれは左舷のバックアップをしなければなかったが、如何《いかん》せん、エアボートの運転席は視認性優先のため高い位置にある。左舷の敵を阻むためには、運転台から下りなければならない。

奴らは奇声を上げながらみさかいなくバットをふりまわした。

ボートの左側の柵が不気味な音をたてて曲がった。バイクの後部座席の人間がエアボートに乗りこんだ。その手にナイフが見えた。奥田を刺すつもりだ。

「奥田！　うしろ！」

おれは運転台からダイブした。

甲板がドスンと嫌な音をたて、そのはずみで船体がローリングする。

おれはナイフの奴ともみ合いになった。その拍子にメットが外れた。ナイフの先がおれの左腕を裂いた。火傷のような痛みが駆け抜けた。男はおれに組み伏せられたがナイフは放さなかった。しっかり握りしめたままおれの顔面を刺そうとする。切っ先がおれの眼球を抉ろうとしていた。凄まじい力だ。おれは手を伸ばし、男の右耳をつかんだ。渾身《こんしん》の力をこめて引きちぎった。そいつはナイフを放り出して絶叫し、耳を押さえて転げまわって川に落ちた。

今度は背後で水上バイクの排気音が聞こえた。二人乗りの水上バイクがぐんぐんと接近してくる。後部座席の男が金属バットを高々とかざしている。

プロペラをガードするチタン合金安全レームを叩き壊すつもりらしい。エアボートは頑丈な構造をしているが、戦闘用ではない。力任せの猛スイングを何発も浴びたら、プロペラシャフトもエンジンルームも壊れてしまうだろう。航行不能だけは避けたかった。おれは運転台に戻った。

おれは一か八かの手段にでた。

エアボートの出力を上げる。

「殺すぞ、この野郎！」

「止めれ、止めれ！」

水上バイクの男たちが怒鳴る。おれはかまわずにペダルを踏み続けた。少しずつ離していく。追ってきた。

おれはスティックを操作した。

全速前進。

周囲に散開していた六台の水上バイクが取り囲むようにして迫ってきた。

そのうちの二台がエアボートを追い抜くと、進路を塞ぐようにしてジグザク運転をはじめた。ジェット噴射の引き波がエアボートの先端をまともに直撃する。それが水の抵抗となって、速度が極端に落ちた。ボートの先端が反り返るように浮き上がる。おれの胃袋も喉までせり上がった。

彼等は水上バイクの機動力を熟知していると思われた。

おれは前後左右に全神経を集中させた。

右舷側に二台、左舷側に二台が並走している。後方に二台。

引き波が寄せてはかえし、寄せてはかえす。

ボートは縦に跳ね、横に揺れた。

プロペラの出力と方向翼のバランスを取らねば転覆してしまう。おれは水上バイクの位置を確認した。

連中は憎たらしいほど呼吸が合っていた。かなり訓練されている。いかにもプロっぽい。武器が金属バットというのが幼いが、あるいはもっと強力な武器を隠し持っているかもしれない。

おれは後続の水上バイクとの距離を測った。十メートルほどだ。

おれはその距離を保ちながら、左手でスティックを握り直した。

後続バイクは二手に分かれ、速度を上げて離れていった。

エアボートの左舷側と右舷側では、銃撃の射線から逃れるために蛇行走行を繰り返している。

おれはエアボートを時速八十キロまで加速させた。

水上バイク集団もスピードを上げた。

「奥田！　手摺に捉まるかシートベルトしろ！」おれは拡声器のスイッチを入れ、怒鳴った。「六秒後にショータイムだ！」

おれはエアボートの先端に装着されているピックアップユニットを作動させた。すくい網状になった昇降式のバケットが動き出した。

水上バイクのジェット噴流が激しくなった。

エアボートは凄まじい地震のように揺れる。運転台から放り出されそうになる。足を踏んばり、波乗りの要領でどうにかスルーすることができた。

おれはスクーパーレバーを押した。バケットがクレーンのように高く昇った。
四、三、二、一。

おれはスティックを一気に前に倒した。ボートは右側へ直角にコースを変えた。エアボートならではの超信地旋回《ちょうしんちせんかい》というテクニックだ。普通の船舶は水上バイクも含めて旋回するときはUの字型になる。エアボートはL字型にもIの字型にも方向転換できるのだ。

おれはバケットを上げたまま水上バイクの側面に狙いをつけた。

真横から攻められた水上バイクは、構造上直進か左右にハンドルを切って逃れるしかない。

おれの手足となったエアボートは、バイクに向かってイノシシのように突進した。

おれはレバーをもう一度押した。バケットをバイクの下部に潜りこませ、そのまま「よいしょ」と掛け声とともに掬い上げてやった。レバーをぐいと下げると、バイクはコロンとひっくり返った。滝のような飛沫が散った。

バイクは横転したまま水面を滑っていく。二人のクルーは投げ出されて、沈んで、浮いてきた。

ハイ、一丁上がり。おれは愉快になった。

おれはもう一度ボートをスピンターンさせた。

ボートは一瞬のうちに右側へ九十度の方向転換をしていた。おれは同じ要領で四台のバイクをひっくり返した。おかげで五台目以降は逃げ出してくれた。

クルーがいなくなったバイクだけがプカプカ浮いていた。川に投げだされたクルーたちが立ち泳ぎして救助されるのを待っている。

「実にマヌケな眺めだ」

奥田がげらげら笑っている。

損害を免れた水上バイクの集団は遠く離れた場所を走行しており、やがて点のように小さくなり、川の向こうへ消えていった。

おれは少しだけ胸をなでおろした。

しかし、今度はバイク集団と入れ替わるようにプレジャーボートが接近してきた。

プレジャーボートのスピーカーが吠えた。

「私は持丸だ！　休戦を提案したい！　今からそちらへ行っていいか」

プレジャーボートの舳先で手を振っている人物がいる。

持丸だ。

短パンにアロハシャツの上にオレンジ色のライフジャケットを着ていた。

「撃つな！　こっちは丸腰だ！」

持丸が両手を上げている。

「水上バイクの連中を下がらせろ！」おれは怒鳴った。

「彼等は宗像の指示で動いてる。水上バイク団の実力がどんなものか見学させてもらったが、なんとだらしのないザマだ。宗像率いる邪蛇連合が聞いて呆れる。まあ、こちらとしては、穏便にすませたい」

「穏便にしちゃ、金属バットを振り回していたぞ」おれは嫌味を言った。「ああいった連中はどうしてバットや鉄パイプが好きなんだ？」

「ただの飾りだ！」

持丸はもっともらしく答えた。まあ、その通りだろう。

「行ってもいいか」持丸は同じことを訊いた。

「あんた一人か」

「いや、もう一人いる。エージェント田中氏だ」

「は？　なんで奴がそこにいる？」おれは耳を疑った。

「私の親父が昔、笹蛭村の実力者だったことは知っているか」

「ああ。永田町や新潟県の行政にも影響を与えた人物だろ」おれは安崎から笹蛭の歴史を聞かされたことを思い出していた。

「その流れはこの私も受け継いでいるのだ」持丸は誇らしげに目を細めた。

「ロクな流れじゃないな。つまり公安とも仲良くして情報の共有か」

自衛隊、公安、邪蛇連合の宗像、モチベリ産業の持丸、蒔田優香という名の蟻が、一つの角砂糖に群がっている絵が見える。利益のためなら誰とでも手を組むが、いざとなれば相互に見捨ててしまうのだろう。

おれは奥田に用心するよう目配せした。奥田は銃を下げなかった。いい心がけだ。

プレジャーボートがエアボートに横づけして乗員が舫綱を投げたので、おれはボラード（船舶同士を繋ぎとめる杭）と結んだ。

ハイビスカス柄のアロハに真っ白な短パン、蛍光グリーンのマリンシューズを履き、なんともご機嫌なファッションで、持丸がエアボートの転落防止用の柵を跨いだ。持丸に続いて、田中も乗りこんできた。田中は灰色のスーツ姿でレモン色のネクタイをしている。

彼等はどっかりと前部座席に腰を下ろした。

「これが噂のエアボートか」持丸は興味深そうに見まわした「シンプルにして頑丈そうな構造だ。燃料はガソリンかな」

おれは持丸の質問を無視し、田中の前に立った。

「あんた、どこにでも出没するんだな。持丸が何を欲しているのか、お見通しでボートに乗り込んだクチか。それとも持丸からのお誘いか」

「コノトキシンのうまみがどこに流れていくのか、それを監視するのも私の仕事でね」

「笹蛭のコノトキシンを管理できる人間はほとんど死んでしまったぞ」

おれは田中によく聞こえるようにでかい声を出した。

「らしいな。しかし、私としてはどんな事件事故があったのかは興味がない。君がそこにいるということは、Tファイルがそこにあると理解していいのだな」

田中は氷のような眼つきでおれを凝視した。

「ファイルでなくノートだった。フロッピーディスクもあったがね、事情があって持ち出せなかった」

おれは分厚いメモ帳を仕舞ってあるバックパックをゆすってみせた。

「では、ノートを見せてくれたまえ」

田中はおれから目を離さないまま言った。おれはバックパックからメモ帳を出した。

田中はゆっくりとページを捲り、一枚一枚慎重に吟味していき、真ん中の袋綴じのところで指の動きを止めた。「調べるのに時間がかかりそうだ。持丸さん、キャビンを貸してもらえますか」

持丸は頷いた。「いいとも。わたしも菊崎さんとお話しさせてもらいますよ」

田中がエアボートから出ようとしたので、おれは待ったをかけた。

「おれも行く。これはニセモノでしたとすり替えられても困るからな。そういうわけで、おれは持丸とは面談しない。あんたの相手は奥田一曹がしてくれるだろう」

一曹がにやりと笑い、持丸の横に座った。「初めまして。奥田と申します。持丸さんの噂は聞いてますよ。すばらしい実業家だそうで、私を雇いませんか。いい用心棒になりますよ。水上バイク集団より働きますから」

にこにこしながら、ホーワライフルの銃口を突きつけるところがニクい。

4

おれは豪華なキャビンのソファに座り、田中の照会作業が終わるのを待った。おれは田中の動作を監視しながら、キャビンのパントリーを見学させてもらった。スコッチとコニャックがあり、ロシア産キャビアの缶詰が並んでいる。船窓からは広々とした畑と色とりどりの花畑が見えた。

「複雑な暗証コードとアクセスコードで手間取っている」

田中は言い訳をしながら、ノートパソコンのキーボードを叩き、マウスを弄《いじ》り続けた。

忙《せわ》しなく動き続ける彼の手が止まった。

「よし、終了」短くつぶやき、振り向いた。「お疲れだった。君は解放された。自衛隊の教官になるもよし、ミャンマーへ戻るのも自由だ。中国雲南省の件は眼をつぶる」

「おれが解放されたという保証が欲しいな。言葉だけじゃだめだ。そう、免罪符のようなものだ」

おれは田中に詰め寄った。

「免罪符などない。君の行動は常に監視されている。日本国中、駅という駅、道路、商業施設、公園、映画館、競馬場、風俗店、学校、個人のスマホアプリ、ありとあらゆる場所に防犯カメラが設置されている。それらはネットワークでつながっていて、丸見えなのだ。プライベートなどない。だから、君が妙な真似さえしなければ、保証されるというわけさ。捕まった三人は笹蛭のことを口外する恐れがあるからね、それなりの処置をしないといけない」

「口封じじゃないか。そんなことはさせない」

「それだよ、まさにそれだ。口は禍《わざわい》のもと。ついでに言っておくと、君が贔屓《ひいき》にしてる家族だがね。桃香ちゃんといったかな。利発そうで可愛い娘さんだね。お母さんの梨乃さんも、母子家庭なのに頑張ってる」

「親子に手を出したら殺す」

「不慮の事故はね、避けられないだろうね。一番いいのは、君がミャンマーへ戻ることだと思う」

「脅してるのか」

「いや。君は任務を全うしてくれた。それで十分だ。親子が心配ならちょくちょく連絡すればよかろう。私は何もしないよ、約束する」

田中はパソコンのスイッチを切り、カードリーダーからマイクロSDカードを抜いて、メモ帳の袋綴じに戻した。それを大事そうに上着の内ポケットに仕舞いこんだ。

おれはキャビンから差しこんでくる陽射しに目を細め、田中の内ポケットへ視線を移した。

「口約束ほどあてにならないものはない。もし約束が反故《ほご》になったら、誰に問い合わせればいいんだ？　電話してエージェント田中さんをお願いします、でいいか」

田中は、棘を含んだユーモアに表情を崩すこともなく平然とうそぶいた。

「私にとって名前など意味がない。なぜなら、私が公安組織そのものだからだ。公安という名の会社に置き換えてもいい。会社は社長を含めて人間の集団で成り立っている、だからこそ社員たちは地位や名誉、金銭欲に溺れる」

「何が言いたいんだ？」

「会社組織そのものは人間ではないが、私は会社方針そのものを代弁するモノなのだよ。会社は単なる組織の集合体であって、そこに人間の感情が入りこむ余地はない。したがってクレームの類《たぐい》は一切受け付けない。この案件後、エージェント田中は存在しなくなる」

「だから?」

「わからんのかね。組織そのものに個人の名前などあてがってても無意味だということだ。私に喜怒哀楽はない。脅しても無駄だ。私を殺すかね? けっこう、それが組織の運命なら甘んじよう。しかし公安という組織は途方もなくでかいぞ」

「そうかい、わかったよ。じゃあ、あんたは堤防みたいに冷たくて頑丈で、堤防の上に涙が落ちても血が滲んでも、痛くないわけだな。だけど、堤防も蟻《あり》の一穴《いっけつ》からとも言うぜ」

「放置すれば崩壊するだろうが、私はそんな初歩的なミスはしない」

「おれみたいな傭兵まがいの仕事をしてるとな、いろんな保険をかけとくのさ」

「保険?」田中の目がかすかに吊り上がるのをおれは見逃さなかった。

「Tファイルのコピーを取らせてもらった。それぐらいのリスクは想定済みだろ」

「当然だ」

「ついでに内容も暗号化して書き換えた。防衛省の情報部でないと解読できない高度な暗号だ。Tファイルの譲渡先は反自由主義国家になっているみたいだが、窓口の名前を公安調査庁東南アジア第三分室長浦崎郁夫《うらさきいくお》にしておいてやったぜ。浦崎郁夫。浦崎郁夫、それがあんたの本名だ。北海道函館市生まれ、中央大学法学部卒業、その後ボストン法科大学に二年間留学して博士号を取得。二十八の時に結婚、五年後に離婚、現在四十九歳、独身。両親は健在で、旭川市でラーメン屋を営んでいる。あんたに関する情報は筒抜けだ。つまり、おれやふたとみ亭の親子に何かあれば、あんたにも災いが降りかかる寸法だ。例えば、あんたが崇拝している組織とやらが崩壊することになるかもしれないし、不慮の災害にあんたの家族が巻きまれるかもしれない。もちろん、おれが手を下すのではなく、公安の実行部隊が行う。回りくどい言い方をすれば、日本国家の信用を失墜させたあんたが、詰め腹を切らされるわけだ」

「私を脅してるつもりか？　そんなほら話を国民が信じると思うかね？」

「笹蛭で実際に起きた事件だから、世界中のマスコミが騒ぎたてるだろう」

「君が、それを望んでいるとしたら大きな過ちだ」

「警告だよ。あともう一つ教えておいてやる」

「なんだね」エージェント田中の口ぶりは、わずかに狼狽しているように思えた。

おれは言った。

「Tファイルを欲してるのは、あんたと反自由主義国家だけじゃないってことだよ」

「ほお？」田中はわざとらしく眉を吊り上げた。「誰だね？」

「蒔田優香。彼女はいったい何者だ？　子持ちの母親にしては、度胸がよすぎる」

「あの女か。水生生物研究者の……それはともかく、私と君はこれでイーブンになったと言いたいのだな。わかった、頭の片隅に止めておく。ただ、君も深追いしない方がいい。それだけだ」

田中の表情からは何も読み取ることができなかった。本当に情緒の持ち合わせがなかったとしても、何かしらのインパクトは与えたことだろう。

おれはエアボートへ戻った。

5

エアボートでは、持丸が奥田一曹を相手に情緒豊かに演説をしていた。

「私が言いたいのは、要するに、宗像から朗報が届いていないことなのだ。君たちがすべてを独り占めしているとしたら、いろんな人が迷惑を被ることになるだろう」

奥田一曹が大袈裟に肩をすくめた。

「うーん、考えたことなかったなあ」

「あの研究は莫大な富をもたらすのだ。一部の反社会的勢力は第二の覚醒剤として販路開拓するつもりらしいが、わがモチベリ産業ホールディングスにとっても飛躍のまたとないチャンスなのだよ」

持丸は帰る気がないらしい。権力を傘にしているだけのお人好しなのだろうか。奥田が適当にあしらっていると、接舷していたプレジャーボートからエージェント田中が出てきた。持丸に向かって、「持丸さん、ちょっと」

「なんだ？　宗像から連絡でも入ったのか。そこで話せ」持丸は大声で聞き返した。

「いいんですか」田中が冷たい声で応じた。

「かまわん。朗報だろうな」

「いえ、残念ながら訃報です」

「あ？」

「ＢＭＷの車中で死体が発見されたのです」田中が容赦なく答えた。

「は？　誰の死体だ？」持丸はきょとんとした顔をしている。

おれも身を固くして耳を傾けた。田中はおれを一瞥《いちべつ》し、おれにも聞こえるような大声を出した。

「宗像さんとどこかのご婦人が一緒に亡くなっていたそうです。場所は新津《にいつ》大橋《おおはし》の近所」

「殺されたのか。まさか無理心中？」

持丸の顔色が変わった。

「詳しいことはまだわかりませんが、どちらでもないようです」田中はハキハキと答えた。まるで面白がるかのように。

「本当か？」持丸は動揺していた。

「確かな情報です。現在、検視中だそうです。行きますか？」

「いや。この儂がのこのこ現場に行ってみろ。事態が複雑になるにきまっとる。とりあえず本社に戻り、情報収集だ！　一大事だ！」

持丸はエアボートから逃げるように飛び降り、プレジャーボートへ帰っていった。プレジャーボートは猛然と水しぶきをまき散らして、川の向こうへ去っていった。

「ごきげんよう、さようなら」

奥田一曹は腕をぐるぐると回しながら持丸を見送った。プレジャーボートが完全に視界から消えると、奥田はおれの方に近寄ってきて隣りに腰を下ろした。

「笹蛭はもうおしまいにしたくてね。僕らはあそこを地獄に変えてしまった。本来は、にっぽんの原風景、懐かしい場所だったのに」彼は目を赤くしていた。「ＢＭＷに悪戯を仕掛けたと、僕が言ったこと覚えていますか」

「ああ、覚えてる。何を仕掛けた？」

「マダニを車内にばらまいたのです。ＳＦＴＳを感染させて脅かしてやろうとね。まさか死んでしまうとは思わなかった」

「ＳＦＴＳの感染力は強いからな。終わりにしたいのはおれも同じだ」おれはロザリオの代わりの空薬莢が溶接されたペンダントを、ボディアーマーのポケットから取り出して太陽にかざした。「薬莢の空洞にメモと一緒にマイクロＳＤカードが隠されてた」

「わ、本当ですか。どんな内容だったのですか」

「Tファイルを改竄《かいざん》したコピーとTファイルのオリジナルコピー。改竄した方は、日本政府が震撼するような内容に書き換えられている。反自由主義国家への情報漏洩を暴露する怪文書みたいもんだ。なにしろ、公安調査庁の人間が海外の譲渡先の窓口になってるのだから。出回れば冗談じゃすまないだろうよ」

「アンボイナ貝の島嶼防衛システムとCCPのことですか」

「それプラス反社会的勢力とつるんでたこともな。公安調査庁の人間というのは、エージェント田中のことだ。ついでに言うと、田中の本名は浦崎郁夫といって、東南アジア局第三分室長だそうだ」

「よくわかりましたね」

「一般には知られていないが、自衛隊の情報部はかなりのものだ。安崎は天里陸佐と密に連絡をとりながら、情報網を駆使して、田中のプロフを手に入れたんだろう。安崎は抜け目のない男だ」おれはボートのナビシステムボードに触れた。「このナビには特殊なパソコンが内蔵されていてね、安崎が遺してくれたSDカードを開いたのさ」

正直、おれは感心していた。安崎たちは公安に首根っこをつかまれて脅されてても、脅し返すだけのネタを用意していた……そのネタを、安崎はおれに託したのだ。

つまり、奴はおれを信用したということなんだろう。

そういうのを、お人好しっていうんだぜ。

おれは思わずつぶやいた。

奴とは数時間しか共にしていないのに……急に眼の奥が痛くなって、視界がぼやけた。

おれは目をこすり、おもむろにエアボートのエンジンを回した。このままで終わらせるつもりはない。

阿賀野川を夏風が吹き抜けていった。

第十章　最後の賭け

1

東京有楽町。

街は鮮やかな夏色に染まっている。行きかう人々は華《はな》やかで、ショーウインドウは宝石のようにきらきらしていた。

おれと渡部巡査部長はＪＲのガード下の定食屋で落ち合った。夏色とは程遠いごった煮のような飯屋である。酒も提供していた。

おれと渡部は酎ハイグラスを合わせ、一杯やった。おれは笹蛭の件を洗いざらい喋った。渡部は黙って聞いていた。それから、渡部自身が拾った捜査内容をぼそぼそと話しはじめた。アカちゃんは、邪蛇連合会とアルシア製薬とのつながりをリークして殺されたこと。首謀者は宗像テルオだということ。製薬会社の上層部は防衛省のトップとコノトキシン鎮痛剤を巡って贈収賄関係にあること、さらにＡＩ機能つきソルジャーシステム企業との癒着などの問題が湧いてきたという。

「探れば探るほど、底なしの闇だよ。だから、おれはこれで退却する」これ以上の調査は危険だという意味だった。「で、菊崎、お前さんはどうしたいんだ？」

「まだ、おれの闘いは終わってないんですよ。このままじゃ、あそこで死んだ人々が浮かばれない。行方不明になった人間もいる。かといって、おれが表に立てばいろいろ面倒なんでね。これは賭けなんです」

おれは酎ハイをあおり、生姜焼き定食に箸を伸ばした。

〈風と光〉は銀座一丁目にある白い壁に黒い扉を組み合わせた画廊だった。色とりどりの告知ポスターが所狭しとばかりに貼られ、その中の一枚に川杉愁香の名前があった。

バルビゾン派画家　川杉愁香　新潟阿賀野川の原風景展　四季の移ろいをうたう
六月十日（金）より六月十九日（日）迄　○○△局にて放送

デモンストレーション用の油彩画が三点展示されていた。青々とした田園の向こうに角田山と弥彦山がそびえている。もう一点は茅葺屋根の旧家と紅葉を背に農夫が干し柿の手入れをしている光景だった。もう一点は池の浮島の色鮮やかな深緑だった。

以前、川杉愁香から個展の招待状を貰ったことがあった。その時は美術に興味がなかったのでスルーしてしまったが、きょうは、画廊の玄関扉を押した。

2

三日後の午後七時。

おれはマニラ行きコンテナ貨物船の甲板から、神戸港の夕景を眺めていた。

夕日の逆光に港の建物やクレーン船のシルエットが浮かんでいる。

街の光が目に染みた。

「なあ、テレビでけったいな番組やってまっせえ。新潟の山奥で大量の死体と貝殻が発見された、いうとりますよー」

貨物船乗組員の丸山《まるやま》がへんてこりんな関西弁で話しかけてきた。手には缶ビールを二つ持っていて、一つをおれに渡してくれた。丸山はおれの先生の仲間の一人だった。マニラまで同行してくれることになっており、マニラから先はセメントを積んだバルク船に乗りかえる。そのバルク船の船長へつなぎをしてくれるのが丸山だった。バルク船の行先はタイのレムチャパン港。レムチャパン港から先は陸路を使いミャンマーに入る予定だった。

おれは夜の潮風を受けながら二日前のことを思い返していた。

銀座画廊〈凪と光〉の商談室。川杉愁香とおれと渡部は小さなテーブルを挟んで向かい合った。おれは、笹蛭で見てきたことをすべて話した。

おれの話を聞き終わると、川杉愁香はかつての笹蛭村がいかに美しかったか、その場にいるような表情で語り始めた。

明治十一年に、イギリスの女性旅行家イサベラ・ルーシー・バードが訪れると、笹蛭一帯は一躍有名になった。噂を聞いたある文豪が笹蛭を探訪し、それが元になって麻雀文化も広まった。ラオユエ祭りの所以《ゆえん》である。ラオユエとは麻雀のあがり役の一つで、水面《みなも》に映る月を掬うという意味だ。撈月と書く。文豪は麻雀連盟の初代会長でもあったため、知名度向上に拍車をかけたというのが通説になっている。

「それなのにだ！」

愁香はドンと机を鳴らし、語気を強めた。「あの土地は跡形もなくなった。そこで、僕は、スケッチを始めたのだ。連中のやることは恐ろしくて、間近では写生できなかったがね。その絵が役に立つというのか。おおいによろしい。宣伝してくれたまえ」

川杉愁香の絵画展が始まると、水彩画が注目を浴びた。

水辺に貝が浮き、その貝を畏《おそ》れ敬《うやま》っている人々の絵である。あるいは、赤い鳥が空を覆いつくす絵。あるいは、鬼の形相をした貝が人を食らう絵である。色彩は赤と黒と灰色であり、陰惨でおぞましいモチーフだった。

日本の美しい風景とはかけ離れていたのである。

愁香画伯の本来の作風からあまりにも乖離しているため、不思議に思った取材クルーや愛好家が、ついに新潟の山中へ訪れた。


そして、彼らは笹蛭の禍々しい姿を発見した。

警察が出動することになり、一帯の捜索が行われることになったのである。

「徹底的に調べあげます」

マスコミのインタビューに答えたのは、渡部巡査部長だった。どうやら逃げ腰から復活したらしい。テレビの画面に渡部のでかい顔が誇らしげに映っていた。

コンテナ船が紀伊水道にさしかかる頃、おれはテレビのスイッチを切り、新潟の鳥屋野潟駐屯地に電話を入れた。交換の男は、用件と所属を言わないとお繋ぎできませんと、不愛想の応対をしてきた。

「なら、天里陸佐に伝えろ。菊崎が地獄から舞い戻ってきたと。安崎一尉も蒔田優香も宗像も死んだとな。天里陸佐はこの大事な知らせを待っているはずだ。しかし、お前がくだらないルールを盾にしてとりつがなかったら、降格ではすまないぜ」

「お、お待ちください」

相手の態度が豹変した。十秒ほどで電話が切り替わった。

「天里だ。エージェント田中から報告は受けている。Tファイルもここにある。貴様は、田中を脅しただけじゃなく、マスコミまで扇動したな。さぞかしいい気持ちだろうな」

電話口の天里の声は、予想していたよりさばさばしていた。

「あんな大事件を隠蔽する方がおかしいよ。だけど、安心しな。書き換えたTファイルはまだ公表してないから」

「私はすでに処分されたから、もう関係ない」

「は？」

「私は一佐から三佐に降格、さらにパシュトゥンスタン国のインフラ復興支援ＰＫＯに派遣されることになった。任期は十年。その間は帰国も退官もできない」

「そうか。体のいい所払いだな」

天里陸佐の処分は死刑に値するものと思われた。インフラ復興支援ＰＫＯといえば聞こえがいいが、実際はスンニ派テロリストの温床地に派遣されるようなものだ。米軍の撤収後、タリバン政権が復活した地帯である。日本との関係は今のところ良好な面もあるが、自由主義国家としての政策が浸透するような兆候があれば崩壊する。日本は敵と見做《みな》され、攻撃の対象となる。自衛権が曖昧な自衛隊は、まともな武器も使えずに殺害されるであろう。天里陸佐も死亡する可能性が高い。

「ところで、安崎一尉が殉職したと聞いている。どんな状況だった？」

天里は話題を変えてきた。おれは彼が壮烈な最期を遂げたことを、報道写真のように淡々と報告した。

「彼は国民を守るためではなく、己れの信念とプライドを守るために銃をとった。本末転倒だろ。そうさせたのは、国防という大義名分だ。反社会的勢力につけこまれて、にっちもさっちもいかなくなって、事態を打開するために、おれみたいな男を使ったのもそのためだろ。おれも汚い仕事をしてきたが、ふんぞり返ってる野郎のために仕事をするのはごめんだ」

「お前はまだ幼稚だな。組織がどういうものか、理解できてないらしい」

「あんたと口論する気はない」

おれは勢いよく電話を切った。

それからしばらくして、再び、スマートフォンが震動した。

平田梨乃からだった。

「今、どこ？　桃香が会いたがってるの。明日、ランチしない？」

「うーん、ちょっと無理だな」

「そっか。じゃあ、今度いつ会える？」

「ごめん。また連絡するから、それまで元気でいろよ、じゃあな」

おれは精一杯の感情をこめた。梨乃に届くことを祈った。

事件の解明が佳境に入る頃、貨物船は東シナ海を航行しているだろう。

海は穏やかでどこまでも群青色だった。

了

※本書は「エブリスタ」(https://estar.jp)に掲載されていたものを改稿・改題のうえ書籍化したものです。
※この物語はフィクションです。作中に同一あるいは類似の名称があった場合でも、実在する人物、地名、団体等とは一切関係ありません。

宝島社文庫

ポイズン・リバー　異形の棲む湿地帯
(ぽいずん・りばー　いぎょうのすむしっちたい)

2023年3月21日　第1刷発行

著　者　阿賀野たかし
発行人　蓮見清一
発行所　株式会社 宝島社
〒102-8388　東京都千代田区一番町25番地
電話:営業 03(3234)4621 ／編集 03(3239)0599
https://tkj.jp

印刷・製本　株式会社広済堂ネクスト

ISBN 978-4-299-04057-2